U0108222

戀香
Scent of Love

劉瑋慈◎原著劇本

小楚◎小說改編

第一話 前世戀人

山坡上的桔梗開得燦爛無比，
就連空氣裡也瀰漫著迷人的花香；
那是愛情的味道，浩妍的味道，
也是我會記憶到永遠的味道。

　　朝陽映照著整片山頭，遠處山上傳來陣陣清亮的鐘聲，穿著海軍軍服的承天坐在草地旁，順手摘下前方的桔梗花，用力嗅著。花香很淡，卻令人印象深刻，宛如佐倉身旁的浩妍。

　　身著韓服，臉上洋溢著幸福微笑的浩妍回頭說：

　　「佐倉先生，今年的桔梗花，是開得最美的一年呢！」

　　「真的嗎？」佐倉折下幾片花瓣夾進日記本裡，用日文寫著他內心的點點滴滴：

　　「1941年4月13日，慶州。

　　山坡上的桔梗開得燦爛無比，就連空氣裡也瀰漫著迷人的花香。那是愛情的味道，浩妍的味道，也是我會記憶到永遠的味道。」

　　「佐倉先生！」聽到浩妍的呼喚，佐倉笑著放下日記往浩妍走去，沒想到一個不小心，竟然失足，順著山坡陡勢，無法控制的急速下滑。

　　佐倉感覺到自己即將掉入山谷，伸出手試圖握住浩妍的手。

　　「小心哪！」浩妍著急的喊著，最後兩人的手終於扣住。

1944年・漢城

　　承天感覺到自己的臉正埋在盛開的桔梗花中，手則緊緊的握住夢中的女人，但被承天握著的手卻急欲抽回，這一用力，使得

承天倏地從花香中驚醒。

「哇塞！怎麼是你？」一睜開眼，眼前竟然是宋新。金承天猛然回神，宋新也被他突如其來的大動作給嚇一跳，兩人的頭撞在一起。

「你怎麼突然出現了？」承天驚喜的大叫。

「我爸他這兩天要來漢城簽約，順便把我送過來……」宋新揉著額頭，漫不經心的說著，口氣忽然變得很狐疑，「剛才你在做什麼春夢啊？還摸著我的手！」

「我也不清楚，夢裡的我好像是二次大戰時的軍官……」承天回想著夢中的景象。

雖然夢裡的情節漸漸模糊，但是承天很肯定自己就是剛才夢裡那位叫佐倉的男子。在二次大戰那個年代，當軍官的他，身旁有位深愛著的女子，兩人在燦爛的桔梗花開滿的山頭快樂的相愛著。

「承天竄這麼高啦！」宋新的父親走進承天房間，微笑的神情裡還是可以感覺到一股嚴肅。

「真不好意思，這孩子就是這麼邋遢……」承天的母親李敏跟著走進來，看見兒子的房間一團亂，尷尬的解釋。

「這都得怪爸爸不好，從小『狗狗、狗狗』的叫，誰聽過狗狗需要整理房間的呢？」

「是，狗狗只負責用狗鼻子聞味道。」承天的爸爸智中笑著對宋父說，「別小看他，這孩子最近鼻子又開始靈得不得了。」說完用力捏捏承天的鼻子。

「爸,真的耶,我連剛剛做的夢都有味道!」

「夢也會有味道?是什麼味道?」智中有趣的看著兒子。

「是香味。」承天閉起眼睛,彷彿正在回憶剛剛出現在夢中的花香,「嗯,是桔梗花的香味。」他肯定的說。

「狗狗,少裝了啦,看,那是什麼?」宋新用手指了指客廳裡剛插好的鮮花。承天害臊的摸摸頭,是自己搞錯了嗎?可是,在夢裡,的確有一大片花田,散發出淡淡的桔梗花香……

承天決定帶著剛到漢城的宋新到熱鬧的東大門逛逛。就在走出新開的商場大門時,見到廣場上正熱鬧滾滾,宋新的目光立刻被舞台旁一輛嶄新的汽車吸引住。

「狗狗,你瞧那部車,新款的耶!」宋新用手推著身旁的承天。

承天的眼光也停在那部汽車上,「正哦!走,過去看看。」

圍觀民眾真不少,兩人費了一番功夫才擠到舞台旁邊,主持人正口沫橫飛,誇張的說著:

「台上這四位選手是這一年中經過激烈比賽所選出來的季冠軍,將爭奪『食神大挑戰』年度食神!參賽者答不出來的題目,現場觀眾如果全部答對,同樣有機會上台轉輪盤;幸運者可以得到這部最新款的汽車!」

宋新拉著承天說:「他說什麼啊?」

承天瞪了宋新一眼:「是誰主修韓文啊?竟然聽不懂韓國

話？」

「嘿嘿，我是故意考你的，我可是真材實料！」宋新一臉得意的說，「他說，只要答對題目，就能去轉『命運輪盤』，說不定可以得到汽車。」

宋新是台灣來的韓文系交換學生，準備在漢城的大學就讀。

「才怪，電視節目都是騙人的，走了啦，不是約好了和你姊妹校的學姊見面嗎？」承天看著正在做現場轉播的攝影機，很不以為然。宋新看一下手錶：「還有時間嘛，看一下，我有預感我們會有好運。」

這時舞台的助理小姐推著推車上台，推車上的泡菜全用鍋蓋蓋著。

「首先，我們將參賽者眼睛朦起來，憑味覺試吃一口，然後按鈴搶答說出泡菜種類。」主持人說著。

承天的鼻子不由自主的跟著嗅動，開始喃喃自語的回答：「豆芽、蛤仔、烏賊、辣蘿蔔、海蜇皮、韓國韭菜……」

「咦？」宋新睜大眼睛，偷偷看著身旁節目執行製作的看板，「承天，你的答案完全正確耶！」宋新大聲嚷嚷，用手推推執行製作說：「我朋友很厲害吧！」

執行製作不太理他，宋新示意承天再秀段真功夫。

助理小姐又掀開一盤鍋蓋，承天閉著眼說：「鯊魚魚唇。」

這「鯊魚魚唇」韓文怎麼說？宋新想了一下，笑著對執行製作說：「Shark's Lips」

執行製作低頭對了一下答案，表情愕然。

下一盤泡菜再度打開。

「蒜苗魟魚。」承天一說出，執行製作瞪大了眼睛，並且小跑步往後台走去。

正在家中看這場食神大賽的尹建之對著螢幕說：「魟魚這麼臭，怎會聞不出來？真遜！」

電視音量開得超大，尹建之根本聽不到姐姐喊他的聲音。

過了一會，香之只好更大聲的喊：「尹——建——之，你姊姊我在叫你——你聽到沒啊?!——拿大的老虎鉗啦！」尹香之的聲音充滿怒氣。

「喔。」建之看著節目哈哈大笑，毫無起身的打算，浴室中的香之丟下工具，走到建之面前遮住螢幕說：「喂，少爺！我修浴室是給我自己用的嗎？」

被擋住視線的建之看到一臉不快的香之，仍看著節目：「姊，你看，這人很奇怪嘛，所以人家才繼續看。」

被建之這麼一說，香之也轉身看了一眼節目。

螢光幕上主持人正邀請承天上台，「這位先生，剛剛你在台下讓我們見識到你的厲害，若你能聞出這鍋裡所有的食材，馬上就能參加我們『命運大轉盤』活動。好，這鍋雪濃湯除了牛骨和牛胸外，還有七種食材，請作答。」

助理小姐一掀開鍋蓋，承天立刻用韓文說：

「生薑、松子、薏仁……」承天停頓了一下，轉頭問宋新，「大棗和百果的韓文怎說？」

宋新立刻拿起參賽者的白板寫下漢字。

「答對！」現場掌聲四起。

「只剩下兩種食物了……」主持人製造緊張氣氛。

承天在這緊要關頭竟然像斷電般呆住了，一輛載滿桔梗的車子正巧經過，一時間承天的鼻子全被桔梗的香味佔滿了。

「承天！快說啦，剩下兩種食物，汽車就是我們的了。」宋新在一旁急得跳腳。

此時還站在電視機前的香之，眼前竟然也閃過滿山桔梗的畫面。不過隨著車子轉入巷內，花香消失，承天大夢初醒般回神，香之揉揉眼睛，螢光幕上仍是承天的畫面。

「還、還有……人參和五味子。」五味子的韓文承天不會說，宋新一看答案蹦出來，立刻用韓文寫在白板上。

「全部答對！真是太神奇了！接下來要來進行轉輪盤拿汽車……」

「啪！」香之關掉電視，「這節目一定是騙人的！找了兩個白癡來表演，還寫漢字製造效果，哪有人鼻子這麼靈？」水管噴出大量的水，香之慌忙跑回浴室。

「建之，快來啦！水都淹出來了！」

「喔！」建之又將電視打開，才走進浴室。

電視裡承天即將轉動命運轉盤，全場屏息，只有宋新默默唸著「汽車、汽車、汽車」。

「究竟這位金承天先生會得到什麼獎品呢？」主持人話未說完，轉盤的指針已停在小到不能再小的「汽車」格上，承天和宋新兩人不可置信的互相擁抱，然後大喊：「汽車耶！真的是汽

車！」

節目近尾聲，配合著主持人「這是本節目播出兩年來送出的第一部汽車……」的台詞，攝影機停留在兩人瘋狂跳啊跳的模樣。

「這兩個孩子湊在一起就是胡鬧！」也在看節目的李敏關上電視機，但智中又將電視打開，頗驕傲的說：「狗狗的鼻子靈，贏了部車子，不錯啊！」

「只有你這種爸爸才會教出這種兒子。」李敏不悅的搖搖頭，走進房間，只留下智中。

「答題答到最後兩道食物時，你怎麼突然不說話，嚇死我了！」宋新想到剛剛緊張刺激的畫面，有點疑問。

「因為我忽然聞到一陣花香，欸，就是這味道，又出現了！」走在大學路上的兩人哈拉著，承天探頭想找出味道的來源，宋新卻怎麼也嗅不出個所以然。

這花香和早上夢裡的香味一模一樣，很清淡，卻不會讓人忘記。

承天聞到的味道其實來自尹香之，她正從承天身旁快速走過，提著重重的紙袋，經過算命攤，和剛算完命的客人撞個正著，紙袋當場裂開，電影書籍掉滿地。

「跑這麼快，趕投胎啊?!」

「算命的沒告訴你走路要長眼嗎？」蹲下來撿書的香之不甘示弱的抬頭邊撿邊罵。

　　一見兩人火藥味十足，算命師連忙過來勸架，一眼卻發覺香之脖子上有異樣：「小姐，妳的脖子上有一條好深的橫紋喔，會出現這種橫紋肯定上輩子是上吊自殺的。」

　　尹香之脖子上的痕跡在算命師眼中，就像是前世留下來的記號，深深的橫紋煞，似乎提醒著尹香之前世的因緣並沒有隨著時間的流逝而消失，甚至會在此生的某個時間點接續未完成的緣分，不過香之並不相信算命師的話，立刻回了句：

　　「你少胡說，我出生時這道橫紋就有了！」

　　「小姐，我是說真的，妳要不要讓我替妳算個命，解開前世的謎呢？」

　　「我－沒－興－趣！」香之把書裝好，立刻提著袋子快步離開。

　　此時，承天和宋新已坐在餐廳吃完大餐，宋新讀著領獎辦法，承天則要他將「百美圖」拿出來瞧。

　　宋新的百美圖全是無頭的泳裝美女，承天挑了張身材最辣的，貼在窗戶上對著窗外一個個走過的女生比畫「套」著。

　　此時一個長髮飄逸的女生從落地窗前經過，宋新視線完全被她吸引住了。

　　「可惜哦，這不是你學姊。」承天調皮的說，「你學姊叫什麼名字？」

　　「崔慶友。」

　　「一聽就是恐龍的名字。哈！肯定是這個。」迎面走過一個醜女，宋新吐吐舌頭，皺著眉，心想不會這麼衰吧！

此時長髮美女和另一女生一同進入餐廳，而被兩人指指點點的醜女也走了進來，醜女一進門便左顧右盼，像是跟人有約。

不會吧？宋新的臉綠了起來。

「哈，哈，就是她了……」承天小聲的說，然後忽然大叫，「崔慶友！」

只見醜女沒回頭，倒是長髮美女站了起來，此時香之正好趕到，跟著長髮美女走到兩人面前。

長髮美女看著承天：「你是台灣來的宋新嗎？」這時承天的鼻子又聞到花香味，連打好幾個噴嚏，根本無法好好說話。宋新連忙接口：「是我，我才是宋新。」

打著噴嚏的承天因為花香，抬頭看著面前沒啥好臉色的香之，突然失了神。

一整天老是被桔梗花的味道圍繞，眼前的香之只要長髮一飄，身體一動，淡淡的花香就會隨之飄來；雖然她看起來與夢裡的浩妍有幾分相像，但卻十分強勢。

香之斜睨了一下眼前兩個毛頭小子不屑的說：「慶友，幹嘛跟兩個小色胚說話，他們剛剛還拿著美女圖對著妳比畫，我全看見了。真是噁心！」

「沒關係啦！小孩子嘛！」慶友接著說，「宋新，我是你的學姊，崔慶友。」

宋新傻傻的坐在椅子上看著慶友，這下香之更加不滿：「沒禮貌！既然是學弟，怎麼看到學姊還坐著？」

宋新立刻站了起來，把還在噴嚏連連、發呆失神的承天也拉

起來，「學姐，這是金承天，我從小一起長大的好朋友。」

「拜託！來漢城讀書還帶書僮啊?!」香之仍冷言冷語。

「因為我家就住在漢城啊。」勉強回答了剛剛香之的問題，承天又找了個位置坐下。

「要坐，也要等我們坐好才可以坐啊。真沒禮貌！」香之兇巴巴的訓著承天。

承天覺得這個尹香之有毛病，也不甘示弱地瞪了她一眼。

一直沈默的美貞覺得眼前的承天看起來很眼熟，忽地想了起來：「你是不是下午參加電視節目比賽的那個……鼻子很靈的……」

「那種沒營養的猜食物節目，妳也看喔？」香之是完全受不了的口氣。

「喔，那表示妳也有看囉？否則妳怎麼知道是猜食物節目？」承天逮到機會吐槽。

「學姐講話時不要插嘴。」香之有些惱火。

「大家年紀都差不多，幹嘛學姐這、學姐那的？」承天再度回嘴，惹得香之更加不悅，一旁的宋新發覺不對勁，急忙打圓場說：「學姐，承天唸的是華僑學校，對韓國長幼有序的傳統觀念不太懂，請多原諒。」

「我也是華僑啊，到哪不是都該入境問俗的嗎？你在韓國住幾年了啊？」

「那麼兇，我——不告訴妳！」承天湊近香之面前要表情，一說完話又被香之身上的無名香氣給弄得噴嚏連連，逗得大家笑個

不停。覺得無趣的香之從包包裡拿出一疊傳單，正經八百的對眾人說：「成俊說請大家幫忙找人，希望能盡量找到會說華語的，比較好溝通。」

慶友見宋新好奇，也給了他一張：「成俊是我們華語社的創辦學長，現在在電影公司上班，最近幫一個台灣來的導演做韓國外景副導演，需要會講華語的演員。」她看了香之一眼，口氣有些曖昧，「香之跟他走得很近。」

「他有理想又有才氣，跟他可以學到不少東西。」香之好像趕忙要解釋什麼似的。

「都快變成一對了，說話還這麼虛偽？」美貞虧著香之。

「談公事不要人身攻擊，拜託！」香之還是一臉正經。

「你們兩個也要來試鏡喔，到時我們一起去。」美貞對著兩人說，眼神卻看著承天。

「可是學校要上課耶。」宋新有些遲疑。

「對啊，宋新剛到學校，環境還不熟，不該蹺課，我們另外找人一起去吧。」慶友用學姐的語氣說著。

宋新一聽「一起去」，立刻眼睛一亮說：「呃，妳們都會去嗎？」

「香之是一定會逼我們去的啦。」慶友笑著說。

「我只負責幫成俊學長發傳單。」香之一臉尷尬，不過語調溫柔多了，承天看在眼裡。

「成俊是妳男朋友啊？」承天不懷好意地問。

「我——不告訴你。」香之有些窘迫，乾脆學著承天剛才的動

作湊過臉去回答，這動作又惹得承天開始打起噴嚏。

「金承天，你會參加吧？」美貞仍追問著。

「當然會，他明年才回台灣上大學，現在巴不得有事做。」宋新一把抱住承天，哥兒們，好事壞事當然都要一起作伴，承天卻若有所思。

「有人說過妳身上有特殊香味嗎？」承天突然盯著香之問。

「關－你－什－麼－事？」香之又恢復了一貫的強勢。

購物商場的一家名品店中，李敏從試衣間走出，店員巴結的說：「這衣服好似專為妳設計的。」李敏笑笑沒答話，對著坐在沙發、剛闔上手機的智中說：「還沒回家啊？」

智中搖頭。

「這孩子，宋新一來就玩得魂都飛了。」

「難得跟好朋友在一起嘛，就隨他吧！」

「你這當爸爸的就是這樣。」李敏叨叨唸著，智中卻趁她不注意，從店門口走出去。

同棟的購物商場另一頭，手拿 CD 的建之，正站在電玩海報前盯著內容看。

「喜歡這個？」巧英瞧見建之的專注神情。

「嗯，這遊戲班上同學還沒有人有。」

「阿姨買給你。」

「不要啦，太貴了，等會兒媽媽又會不高興。」

　　巧英沒管建之的躊躇，拉著他就往電玩店裡去，沒一會就見兩人開開心心的走出。

　　「怕媽媽不高興啊？阿姨會幫你說話。」巧英見建之仍擔心母親責備，耐心哄著他。

　　正抽著菸的智中聽到這聲音好熟悉，慌忙用眼睛搜尋聲音來源，果然看見久違的巧英和一個男孩有說有笑的搭著手扶梯下樓。

　　「巧英！」智中試著對下樓的巧英喊。

　　「阿姨，有人在叫妳耶！」建之用手指著手扶梯上頭的智中。

　　巧英看到智中愣了幾秒鐘，「我不認識他，我們走！」拉著建之就往出口走。

　　智中想追過去，李敏卻已走出名品店，叫住他，他只好停下了腳步，眼睜睜看著巧英和建之的身影遠去。

　　「這是新遊戲耶，好想買，可惜我媽不准我爸給我錢。」承天在地鐵站附近，望著建之剛剛才駐足的同一幅電玩海報前，無奈的說。

　　「你爸好像很怕你媽。」宋新問。

　　「不是怕，是兩人相敬如『冰』。」承天說起自己的媽，表情也像來到北極，「我媽像雪球。」宋新很快接嘴，「那我爸像冰刀，兩個一樣猛！」

　　「那天你爸在我家感覺還好嘛！」承天想著那天家中的情

景，宋新的爸爸挺和藹的。

「拜託！」宋新吐吐舌頭，注意力仍集中在香之給的傳單上。

「欸，你要跟我去吧！」

「我才不去，那尹香之對我好兇。」承天搖搖頭。

「我覺得那個慶友很可愛。」

「可愛？還好吧！」

「還好你說『還好』，否則我們會兄弟鬩牆。」宋新對承天的答案頗放心。

「可是她是韓國人，年紀又比你大，你家一定會反對的啦！」

「你古人啊！誰規定二十歲談戀愛就要結婚？你會不會想太多了？」

這晚，承天躲在房裡和電玩廝殺。卻不時聽到書房裡傳來口哨聲：「爸，你又在聽John Lennon的〈Jealous Guy〉囉？」承天偷偷打開智中的房門。

智中忙將手中的陶器放回架上，笑而不語。

「一個人十幾年來反覆聽同一首歌，究竟是什麼心態啊？」

「音符是一組組不同的密碼，能把你帶進某種情境和回憶。」

「真難懂……」

「倒是得想想明早怎麼跟你媽解釋上電視的事。還有，你真的贏了部車？」

「爸，就差稅金了，只要你贊助我就可以把車開回來，改天還能載你去兜風。」承天做出開車的帥氣姿勢。

「好，可要拿到駕照才准開。」智中和兒子擊掌設定。

※

學校排練室裡，朴成俊正和導演報告拍攝流程，香之則用V8拍攝等會要試鏡的人；美貞和慶友則邊整理報名資料，邊注意成俊和香之：「成俊學長好像眞的在追香之。」「他以前女朋友都長得像大明星，香之會是他喜歡的那型嗎？」「學長太花了，危險呢！」「男人不壞沒魅力！」……

試鏡開始，來試鏡的人一個個輪番表演，導演的表情卻越來越凝重，最後乾脆站起來走了出去。排練室門口，宋新和承天正對著窗子玻璃擺出自以爲帥的表情，經過兩人身邊的導演，不自覺被逗笑了。

沒多久兩人探頭進來，經過香之身旁，承天不自覺又打了噴嚏，引來大家注目。

「喂，你們遲到囉！」慶友忙招呼他們過來，對著承天問，「你感冒啦？」

「沒有，是她身上的香味。」承天指著香之。

「他是誰啊？說話沒大沒小！」成俊沒啥好感的問。

「他是金承天，慶友學弟的朋友。」香之解釋道。

「妳跟他很熟？」

「只見過一次面。」

「來填資料吧！」慶友拿表格到他倆面前。

看著尹香之急忙釐清和自己的關係還有成俊充滿戒心的表

情，承天故意調皮的說：「怕我追香之？放心，我對兇女人可沒啥興趣。」接著故意推開表格說：「我沒興趣，宋新，走吧！」

宋新看著慶友滿臉笑容的遞上表格，情不自禁的接了過來。

宋新最後一個上台表演，承天在台下拍手猛叫好。

「這是最後一名試鏡者。」成俊向導演報告。

「那個男生呢？不也是來試鏡的嗎？」導演指著站在觀眾席的承天直接走到他面前。

「你要不要試試？」承天聽了趕忙搖搖頭，導演臉色一沈，成俊懂得導演的意思，趕緊要承天也湊一腳。

承天只得莫名其妙的試了鏡。

校園裡，成俊追上走在前面的香之。

「香之，我幫妳。」成俊想幫香之拿她手中沈重的器材。

「沒關係，我自己來。」

成俊似乎被香之獨立的模樣吸引了，「妳很特別，以前從來沒有女孩子拒絕過我。」

「喔，學長很喜歡幫女生喔。」

「妳這口氣是吃醋？」成俊有著幾分驕傲。

「吃學長的醋？我還不夠資格吧！」香之促狹地說。

「對了，導演要找個助手幫忙，妳有沒有興趣？」

「啊？當然……有，可是對拍戲我沒什麼經驗，怎麼會找我？」

「看能否跟妳朝夕相處，日久生情啊。」成俊對著香之開玩笑，兩人的身影從校門口消失，似有若無的情愫，卻滋長著。

　　香之一回家，聞到滿屋香氣四溢，嚷著說：「哇，媽，今晚吃什麼啊？好香喔！」

　　「妳阿姨今晚做台灣菜，有好吃的三杯雞喔。」淑英說。

　　動起筷子的香之吃得津津有味，淑英忍不住唸了唸：「妳看妳，都二十三了，連個男朋友都沒有。」

　　「誰說我沒有？看我要不要而已！」香之為了面子逞強的說。

　　「還說大話？對了，我們主任的兒子剛從美國唸電腦碩士回來⋯⋯」淑英話沒說完，立刻被香之打斷：「要我相親，免談！除非阿姨先。」香之笑著抬頭看餐桌對面的巧英。

　　此時淑英嘆了口氣，對著面前的兩人說：「我已經有一個死心眼的妹妹，可不希望再有一個嫁不出去的女兒⋯⋯」

　　智中開著車，坐在身旁的承天正努力說服「金主」老爸，能繼續贊助他的下個目標：輪框⋯⋯

　　「等你開車技術熟練了再說吧！開車第一要冷靜⋯⋯」智中邊開邊訓著承天。

　　紅綠燈由黃轉為紅，突然間一個長得像巧英的女人從馬路這頭走過去，智中立刻心跳加速，注意力全集中在那女人身上：「狗狗，我看到一個老朋友，過去跟她打個招呼。」說著就把車停

在路當中，匆忙下車，承天慌忙爬到駕駛座，不高興地碎碎唸：
「還說開車要冷靜，自己呢？只會教訓人。」

　　智中站在路邊張望著。沒錯！從商店中走出來的正是巧英。

　　「巧英！」智中正準備迎上前，卻被「砰」的一聲巨響打斷
了，原來承天正準備起步，車卻突然熄火，再發動時車子卻突然
暴衝，直接撞上了路邊的水果攤。

　　智中看到搬運工人在痛罵承天，只好先回頭走去。

　　巧英這時已看見智中，以及承天。

　　房間裡流瀉著約翰藍儂的〈Jealous Guy〉。

　　「阿姨，妳還沒睡啊？」香之從半掩的門縫中，瞧見阿姨手
中又在把玩著那陶碗，忍不住搖搖頭。

　　「妳老告訴我人該向前看，妳也要這樣提醒自己喔！阿姨該
睡了，晚安。」香之笑了笑，不等巧英回應，就關門離開。

　　巧英只能喃喃的對自己說，忘記背後，向著標竿直跑……上
帝才做得到！

　　客廳中，巧英對著還在燈下改作業的淑英說：「她，我想提
前回台灣！金智中在漢城，我連著兩次碰見他。」

　　「怎麼這麼巧？」

　　「不知道，兩次我都逃開，我沒勇氣跟他說話……」巧英的
臉上盡是無法忘卻智中的神情。

　　「唉，不過妳總得陪建之過完生日吧？」

　　「我會的。」

巧英緩緩走進建之房間，坐在椅子上看著熟睡的建之，眼中泛起淚光。建之的生日就快到了，這次回漢城不就是為了建之過生日嗎？巧英撥著建之的頭髮，建之的臉型和智中長得越來越像，唉，已經是十幾年前的事了，也早該忘了吧，怎麼心裡總還存著「逃」的心情？是不是對智中還存著幻想呢？巧英反覆問著自己。

美術系教室裡，智中拿著一幅幅學生的圖版在做講解。

「這幅圖版我很欣賞，有一種非常樸實而原始的設計感，」智中對慶友的作品稱讚有加，「崔慶友，妳研究過原住民藝術嗎？」

「以前選修過原住民藝術概論的課。」

「嗯，原住民因為沒有受過文明制約，所以作品被注入無限可能……」智中欣賞的看著作品。

下課了，智中仍在教室裡看學生作品，宋新和承天匆忙趕到，伸手就跟智中要「盤纏」。

「不是跟著外景隊出去嗎？怎麼需要帶這麼多錢？你們不准開車去喔！」智中的叮嚀兩人早當耳邊風，數著大把鈔票一路呼嘯往慶州飛車而去。

宋新看著地圖指路，承天卻不相信他，兩人一路就爭吵著到底該往哪個方向走，不知不覺竟然已經日落黃昏。

「這路標……好像不是寫著往慶州耶？」副駕駛座上的承天

瞪著眼前的路標。

「啊！糟了，往光州？光州和慶州好像一個在左一個在右。」宋新慌忙查看地圖，「天啊！」

夜色已深，兩人離外景隊還有好一段路，宋新硬著頭皮打電話給香之。

「喂？你們究竟在哪啊？我不管，如果明天早班通告沒看見你們，你們就直接回去漢城好了！」香之用力的掛了電話。

「還要去嗎？」承天遲疑看著宋新。

「當然要，我的夢中情人在那呀！狗狗，我有預感這趟慶州行將會改變你的一生。」宋新斬釘截鐵的說。

「我的一生？我看是你吧！我可沒夢中情人在那等我！」

「你要相信我的直覺——我的直覺和你的鼻子一樣靈！」

兩人找了一夜，終於在第二天早上來到外景地。

「他們在那！」承天將車速放慢，看見遠處穿著戲服的演員正在彩排，忽然間，承天感覺眼前這些演員彷彿鬼魅般的飄向他，讓他眩暈得失去方向，「宋新，我……頭好暈……」

此時承天面前的景象，疊疊層層有如幻影，一會是劇組人員走動排演的影像，一會卻又感覺到這群演員是真真切切存在於另一個時空裡，自己是那個參加海軍作戰的軍官，筆挺的軍服提醒自己捍衛國家作戰的榮譽心，但是又捨不下心愛的女子……

說也奇怪，當承天將目光轉到儀表板，頭暈就消失，但是眼光一望向劇組，又立刻感覺到幻影……承天打開車門想找個讓自己安定下來的地方。

一下車，立刻又是幾個噴嚏，恍惚中，熟悉的氣味又飄向他，眼前的景色又變了。

四周頓時成了山谷，自己則被桔梗花包圍，耳畔響起〈遺憾五百年〉的歌聲，這首悲傷的歌，承天肯定自己從沒聽過，但是此時此刻卻覺得很熟悉，甚至可以朗朗上口……朦朧間他又感覺到宋新在不遠處不停地向他招手，他卻掉在某一個空間裡……

劇組場景與二次大戰的畫面不斷在承天眼前交錯，終於讓他受不了，昏倒在地。夢中的承天又來到那山坡。

佐倉對著山谷說：「故鄉啊！挨著碰著，都是帶刺的花。」

眼前的浩妍穿著一身白衣，上頭繡著一朵紫色桔梗，柔美的身姿將手上剛摘下的一把桔梗花揚起，整個人如在霧中……

「你剛剛說什麼？」浩妍回頭問。

佐倉低著頭，皺著眉頭，看著自己身上的軍服說：「那是小林一茶的俳句，日本是我深愛的故鄉，可是，此刻我卻忍不住要恨，為什麼我是日本人？」

浩妍來到佐倉身邊，指著滿山的紫：「你別多想，你看，這滿山像夢一般的紫色桔梗陪伴著我們，只要你心裡永遠記得此情此景，我們就能永遠活在彼此的記憶裡，你懂嗎？」

佐倉嗅著浩妍的髮香說：「嗯，我會永遠記得妳的味道，不論經過多久、經歷幾世，那將是我們用來傳遞愛情的祕密香味，妳也千萬不能忘記，在來世，我們可能分別成為不同身分的人，但是只要循著香味，我會找到妳，妳也不能忘記我……」

夢裡的悲傷情緒讓承天從昏厥中慢慢醒來，他情不自禁的撫

著垂在眼前的長髮，桔梗香味竟然從夢裡來到現世；恍惚之中他張開雙眼，眼前竟是尹香之。

「金承天！你，真是莫名其妙！」香之用力給了承天一巴掌。

承天被這突如其來的巴掌給打醒，立刻坐了起來。

「遲到、裝昏，外加吃豆腐。你演技真不賴！」香之頭也不回的起身離去。

承天沉睡已久的感情似乎在夢裡被喚醒，癡傻的看著香之背影喃喃自語說：

「我們好像認識很久，妳好像我夢裡的浩妍，我覺得我們曾經相愛過……」一旁的宋新扶著他，也故意模仿著詩情畫意的聲音：「我，我……也有這種感覺呢。」

一直到早班戲演完，放飯時間一到，宋新還在嘲笑著承天的「好演技」。

兩人領了飯盒剛坐下，就聽見朴成俊喊：「宋新、金承天，去幫忙場務組架高台。」

「現在？」宋新不可置信的問。

「對！就是現在。」朴成俊篤定回答。

兩人面面相覷，一想到韓國學長制權威高漲，兩人只得服從命令，忍著餓工作去。

「唉，能怎樣？早知道就留在學校好好上課……」宋新話剛說完，身旁的鐵架倏地掉下來，不偏不倚的砸中宋新的腳，宋新

當場痛得大叫。

「有沒流血？我看看……」慶友在不遠處看到，跑過來蹲在宋新旁，要替宋新解開鞋帶。

「不要緊……」宋新忍著痛，阻止慶友的舉動。

承天這時笑出聲，對著慶友說：「學姊，我看還是免了，他沒帶襪子，三天都穿同一雙，一脫掉鞋，鐵定熏死大家。」宋新這時抬頭瞪著承天。

承天此時聽到香之在他身後說話。「學長，他們是來當演員的，何必逼他們做場務？」

「我也是希望他們多學一些東西啊！」成俊板著臉。

這時承天感覺到一份特殊的感動。

這天下午兩人主要的工作就是負責在女主角頭上撒落葉。坐在高處的承天看著遠處的香之：「她其實心地滿好的。」

「對啊！你看她剛剛那緊張的樣子。」宋新眼睛望向正在樹蔭下安靜看書的慶友，兩人各自陶醉其中。

捱到收工，兩人百般不願的掃著落葉。這時承天的噴嚏又打個不停，果然是香之出現，可惜跟在香之身旁的還有個朴成俊。

「累不累？收工後到我房間對一下明天的道具。」成俊對香之說，「聽說妳喜歡喝咖啡，我等會兒煮給妳喝！」

香之的臉上充滿開心，這一切全讓承天看在眼裡。

承天躺在宿舍裡，回想今天在片場裡，現實和夢中情景同時

出現的畫面。承天想不通，尹香之和浩妍爲何長得如此相似？如果自己眞是佐倉，而香之是浩妍，爲何香之認不出他？

　　正納悶著，外頭有人敲門，承天的鼻子同時開始抽動，又是那氣味……

　　一開門，果然是香之。

　　「你們沒吃飯，這個給你們。」香之將手中的兩碗泡麵交給承天，便轉身離開。

　　「香之學姊，妳……眞的要去跟成俊學長喝咖啡啊？」承天鼓起勇氣問。

　　「我去對道具。」香之維持著「學姐」酷酷的表情，一字一字對承天的說，「關・你・什・麼・事！」

　　承天端著泡好的泡麵經過成俊房間，咖啡香和香之身上的味道同時混雜在空氣裡。他聽見兩人有說有笑的聊天，只得嘟著嘴默默走回房間。

　　第二天近中午，承天和宋新這對哥兒們又被指派出公差買整個劇組的午餐，承天開著車，看見咖啡店的招牌，立刻將車停在路邊……

　　直到劇組午餐快結束，承天才找到機會，偷偷走到香之面前將手中的咖啡端給她。

　　「小心燙！」承天欲言又止的叮囑著，不遠處的成俊也瞄到這一幕。

　　「這是什麼？」香之高興地拿起杯子。

　　「拿鐵。」

「我只喝黑咖啡。」香之順手放下咖啡。見承天還愣在面前，問了聲，「你要喝嗎？」

「不，我不喝咖啡，我先去做事了。」

看到承天失望的走開，成俊立刻走過來：「咦，有咖啡？」說著就拿起來喝了一口，然後故意看了一下承天，讓遠處的承天好不懊惱。

而這頭，宋新則忙著送飯盒到化妝室給正在背劇本的慶友。

「學姊，妳的午餐。」

「腳還痛嗎？」慶友關心問道。

「不，不痛了，而且……我也買了新襪子。」宋新有點靦腆，正想繼續搭訕，殺風景的成俊端著咖啡出現了：「下午第一場戲就是妳喔，我來幫妳對戲。」成俊眼睛飄向宋新，宋新只好訕訕離開，從化妝鏡中，他看見成俊對慶友肆無忌憚的說：「妳真美，沒有男人不為妳動心呢……」

對於成俊的挑釁行為，承天和宋新都一肚子氣，兩人躲在角落吐苦水：「咖啡又不是買給他的……」「真不想拍了，那麼累，什麼副導、什麼學長，根本是色狼，什麼話都說得出來。」「好，就聽你的，我們立刻回漢城。」

正當你一言我一句的抱怨，承天的鼻子突然動了起來，原本強硬的語氣也轉成：「宋新，你別這麼衝動，都答應學姊了……」

宋新看承天的態度突然有了一百八十度轉變，很訝異。「我看到香之學姊這麼辛苦，拍完戲還要準備明天的道具，還關心我們有沒有吃飽，讓我感動得想哭……」

　　這時道具間發出東西碰倒的聲音，兩人探頭見香之站在道具中央，承天連忙做出嚇一跳的表情。

　　「賤狗狗……」宋新見到香之眼裡閃著感動的淚光，立刻對承天方才所說的話了然於心。

　　片場一片靜默，氣氛詭譎，只聽見導演一人劈哩啪拉的罵人聲：「收工！明天如果還是這個盤子，妳就不用再出現在我面前了！」

　　原來香之準備的，與劇情需要的二次世界大戰時期的盤子相去甚遠。這可激起承天憐香惜玉的心情。香之被導演嚴厲的語氣罵哭了，但是開車到處亂找，半天也沒一丁點收穫。承天將車停在路旁的一家小吃店吃飯時，還是對著端上來的盤子看呀看，這不尋常的舉動引起老闆的關心。

　　「山下有條小街，全是百年老店，說不定會有你想要的。」老闆的建議讓承天燃起希望。

　　順著老闆指引，承天來到山下，前方出現一家中藥店，承天放慢車速，最後停下來仔細端詳房子。這街道和藥店，明明沒來過，卻總覺得熟悉。

　　承天在門口好奇的張望，中藥店裡的中年人走出來：「先生需要些什麼？」

　　「我，我需要一個五、六十年前的古董盤子，我看你們的店很有歷史，不知有沒有？」向中藥店借盤子，連承天自己都感到

不好意思。

「你看看這個……這是我姑姑留下來的，年代符合，但不知合不合用？」中年人從店裡拿出一個盤子，稍作擦拭後交給承天。

承天接過盤子，昏眩的感覺又回來了，他聞著盤子味道，閉上眼，浩妍穿著韓服的畫面立刻閃過眼前。

浩妍頭上紮好韓國頭飾，身著韓服，替坐在身旁的佐倉拉正衣領，臉上露著笑容，用柔柔的聲音說：「等會兒拍的照片，是我們兩人的愛情紀念呢！」

就在攝影師的鏡頭前，兩人留下燦爛而美麗的身影。

中年人讓承天將盤子帶走，突然對承天發出疑問：「先生是第一次來慶州嗎？我總覺得好像在哪見過你……」

聽到老闆這樣的問話，承天不以為意的帶著盤子離開，只留下中年男子的滿臉疑惑。

待老闆回到藥舖，抬頭看著掛在牆上的一幀年代有些久遠的合照，才倏地想起……剛剛那人，竟然和姑姑的情人長得一模一樣。那個日本軍官不是死了嗎？怎會出現在幾十年後的今天，而且還是年輕時的容貌，這究竟是怎麼回事？

香之回到宿舍，發現美珍曖昧的看著她：「有人送禮物來喔！」

香之打開床上的袋子，看見盤子，大叫：「就是這個了……妳從哪找來的？」

「不是我，是金承天。」

「金承天？」

「對啊！他花了一下午的時間，跑遍附近鄉鎮，好不容易才找到這只古董盤子。」

「我拿去給導演看。」香之立刻要去向導演回報，卻聽到美貞試探的在問：「他……會不會是在喜歡妳啊？」

「許美貞，他·可·是·個·小·鬼·耶！」香之大叫後，開心的跑出宿舍。

漢城

「老闆，辣白菜放哪？」李敏走進智中最喜歡的泡菜店，小心翼翼不讓自己的高貴衣服被泡菜弄髒了。

「全賣完了，那個小姐要出國，剛剛才全買走。」

李敏不高興的撇嘴，眼尖的看到架上還有一包蘿蔔，正準備伸手去拿，卻被另一隻手捷足先登。

李敏順勢和這隻手的主人打了照面，沒想到竟是多年不見的申巧英，兩人都愣了一下。

「真是人生何處不相逢啊！」李敏恢復鎮定的冷笑著說。

「李小姐，好久不見。」巧英也點個頭。

「大家都叫我金太太。妳一個人啊？」李敏打量著巧英。

「先生和小孩都在台灣，我自己回來度假。」

「哦，結婚啦？」

「嗯，先生對我很好，現在⋯⋯很幸福。」

聽到這裡，李敏稍稍放鬆戒心，緊接著用幾分教訓的口吻說：「當時就告訴妳，搶別人老公，感情不會長久的。」

巧英不自覺感到臉龐發熱，於是對著手上的白蘿蔔泡菜說：「這⋯⋯」

「妳拿去吧！智中要吃，多的是機會。」

李敏過了一會，故意走到已在櫃台準備結帳的巧英身旁說：「要我代妳問候智中嗎？」

「隨妳方便，我無所謂。」巧英語氣平靜，結完帳後昂首離去。

提著沉重泡菜的巧英快速走入轉角，確定李敏沒有跟出來，才卸下武裝，疲憊的靠著騎樓的柱子，大聲的哭了起來。

片場一隅，成俊正在教女主角演戲：「那感覺，彷彿這個盤子曾帶給妳很多回憶，看著它，讓妳想起很多過去⋯⋯」

坐在片場邊上的承天，又進入失神狀態時，一名工作人員經過，不小心絆到燈腳，燈搖搖欲墜的眼看就要倒了下去。

「狗狗！」宋新發現，卻來不及衝過去。

在承天附近的香之聽到宋新的聲音，一個箭步衝上去將陷入冥想的承天往旁拉，兩人同時跌倒在地。

承天差點受傷，香之跑過來將他拉住⋯⋯

似曾相識的情景，就像是夢中的佐倉，有回替浩妍摘花，不

小心被山坡的樹枝絆住，滾落懸崖前，也是浩妍伸出手將他拉住
……

　　承天的眼神沉醉迷離，直到香之抽回手，他才回神，趕緊道
謝。只見香之小聲回說：「專心一點。」

　　收工後，承天在房間裡畫圖，幫宋新惡補藝術常識：「我爸
說，大部分原住民都相信只有死去的人五隻手指才會併攏或握
拳，所以一般看到的原住民畫像，手指頭都是分開的。」

　　「真的？」

　　「不相信？那我就不說了。」承天用筆敲著宋新的頭，「澳
洲內陸的許多石壁上都畫滿壁畫，我爸的許多創作靈感都是由他
們的圖騰轉變而來的。」

　　宋新打呼的聲音打斷了承天的話，承天故意一把拉開方門，
大叫：「慶友學姊，妳找宋新啊！」只見熟睡的宋新，當下就跳
了起來。

　　承天哈哈大笑，半天才發現門外真的有人，是香之。

　　「啊，學姊……」承天沒想到故意的惡作劇竟然整了自己。

　　「盤子拍完了，拿來還你。」香之將盤子遞給他，「十八歲
的男生都喜歡玩這種無聊的遊戲嗎？」香之瞄承天一眼，轉頭就
走了。

　　「學姊，不要小看我，我已經十九歲了。」承天對著香之的
背影大聲說著，宋新則已笑癱在床上。

　　開拍後，沒有一天太平日子，剛解決了盤子，明天早班的童

星又生病了，臨時要去找個小孩代替。外景車全都出去了，承天的車派上了用場，他載著香之往小學出發。

「我們需要一個富家小公子，富貴氣一點，大約十歲。」香之在學校辦公室裡對老師說明戲裡需要的角色。

老師很快就找來一群胖嘟嘟的小孩，都沒有一個合適的。

承天反應快，自己就直接到教室去挑人。三年級教室裡，有個眉清目秀的小男孩盯著他看，承天一做鬼臉，他就立刻回敬。承天直覺就是這個小孩，「這男孩夠『富泰』吧！」承天拉著小男孩找到香之。

「嗯，好像喔，可是老師怎沒選他?!」兩人同時露出了解決問題的笑容。

「你眼光真準，泰仁的確是有錢人家的小孩。不過通常有錢人都不願意自己的小孩拋頭露臉，幸好你說服他爺爺。」「這簡單，就像哄我外公就行啦！」承天覺得這任務好容易，卻輕易贏得了香之的好感。

回程的路上，承天的鼻子又打起噴嚏，好一股熟悉的味道。望著前方，眼前的道路彷彿走過無數次。

這是哪哩？承天又恍惚了，腦海裡閃過走在山間小路上的畫面。

承天轉頭看著香之，覺得她像極了夢境裡的浩妍。怕自己又陷入混淆不清的世界，承天用力搖搖頭，指著前方：「啊！上回我借盤子的中藥店就在前面。」

晚間，承天獨坐在宿舍門口，宋新則在一旁吹噓白天唬爛慶友的過程，沒想到承天不但不理會他，還自顧自地說起話來：

「我總覺得尹香之的身體裡，住著一個吸引我的靈魂……雖然她對我那麼兇，可是我就是覺得喜歡她的香氣、她的頭髮，希望能跟她說話。

「說來你可能不會相信，從看到香之的第一眼開始，我就感覺好像在哪裡見過她，和她有過很深很深的感情，在某個年代，我們是一對不能被任何人拆散的情人，她身上的香味，我在古老的過去就曾經聞過……」

宋新聽著不禁一陣雞皮疙瘩，故意抓起承天的手腕把起脈：「唉，這位先生，我肯定你是得了病，而且是無藥可治的相思戀愛病！」

小童星泰仁的演出很讓導演滿意，當他知道是香之前一天臨時找來的，更為讚許，片場的氣氛也輕鬆不少。

收工後宋新陪著承天一同送泰仁回家，泰仁的爺爺想要留他倆吃飯，但是一想起導演的兇悍，兩人隨便找個理由，開溜了。

入夜後的山路像個大迷宮，車子怎麼開都開不出去。一個大轉彎後，承天聽見前方傳來叫聲，兩人連忙停車察看，原來撞著一位老翁。

承天好意扶起老翁，卻換來老翁驚恐的眼神。「怎會是你？怎麼可能？」驚嚇過度的老翁，剛站穩的身子又跌坐在地。

承天皺著眉，完全無法了解老翁見到他時的誇張神情。

「你，你是佐倉？……你是佐倉良平！」老翁用日文講出「佐倉良平」這四個字後就昏了過去，兩人擔心不已，趕緊將他往醫院送。

經過醫生的檢查，老翁除了皮肉傷並無大礙，沒多久，一個中年男子匆匆進了急診室，承天認出這人就是借他盤子的中藥店老闆，連忙衝過去說：「真對不起，撞到你父親。」

「是你？」中年男子也和他父親一樣出現吃驚的表情。承天納悶著，自己有那麼奇怪嗎？怎麼這對父子見到他都是這種表情？

這時病床上的老翁用洪亮的聲音對著兒子說：「當時你沒叫他看照片？」「沒……我只覺得他很面熟，不知道是不是……」「你告訴他啊！」「他不會相信的！」

兩人的對話可真把承天給弄迷糊了。

最後老翁對兒子下命令：「你告訴他就是了！」

承天聽到自己長得和他們家一位過世的長輩幾乎一模一樣，老人堅持那長輩就是自己的前世時，笑著聳聳肩。

「哈，如果我前世是日本人，那我何必千里迢迢跑去台灣投胎？」

「不！你一定是佐倉！」老翁的情緒顯得相當激動。

佐倉？我真的是佐倉嗎？承天看著老翁。「佐倉」這名字最近雖然出現夢中，但那畢竟是夢境，沒想到來到這山裡，竟有人肯定的告訴承天說「你就是佐倉」。為了不讓自己越發陷入渾沌的錯影中，承天決定不理會的離開。

　　一進到片廠，承天便聞到香之的香氣，果然香之出現在大門口，不過站在大門口的除了香之還有兩名警察，兩人才剛下車，警察立刻一個箭步將他倆雙手反扣。

　　「這是……怎麼回事？」

　　香之沉重的說：「郭泰仁被綁架了！」

第二話　心跳的速度

若被慶友看到還得了？

宋新情急之下整個人往前跨去，不小心撞著慶友；

宋新順勢抱住她，

慶友則定定的看著宋新，一時意亂情迷……

中藥店老翁的年輕面孔，在火光中忽明忽暗。一個叫善直的男子和幾個拿火把的同伴出現，將佐倉身邊的浩妍一把拉開，然後將佐倉團團圍住，猛漢的大拳如雨般打在佐倉身上，讓佐倉毫無招架的能力。

這時善直說：「你們踩躪我們的國家，扭曲我們的文化，連女人都不放過？」

浩妍的哭聲讓承天心痛不已，只見跌坐在地的她說：「善直，不是這樣的，真的不是他的錯！」這時另一個人動手打了她一巴掌，承天使盡全力的衝過去大喊：「不要打，不要打，誰都不准打浩妍！」護著浩妍的佐倉，身上捱的又是數不清的拳打腳踢，但是只要能保護浩妍，佐倉即使捱打也一聲不哼……

「不要打了……」昏睡的承天嘴裡一直喊著這幾個字，把警察局裡的警察全嚇了一跳。宋新連忙將承天搖醒，在做完的筆錄上按完手印後，離開警察局。

承天整個人仍停留在剛剛的夢境中，那夢裡的善直，感覺很熟悉；累了一天的承天想不起來是誰，但是卻可以感受到善直對於他的敵意是如此的強烈，彷彿要置他於死地，讓人想起來就是一陣寒顫。那些人為什麼要拆散佐倉和浩妍，承天也百思不得其解……

　　承天家中，〈Jealous Guy〉的音樂從智中的書房傳來，躺在大床上的李敏顯得十分不悅，起身走進書房，用熟練的動作按下「stop」鍵，將CD折成兩半，丟進垃圾桶。

　　發現音樂停掉的智中從浴室走出來，看見被折成兩半的CD，用不高興但還算和緩的語氣說：「到底要丟掉多少次，妳才會甘心？」

　　「那也請你告訴我，到底要聽多少遍，你才會過癮？」李敏不甘示弱的反問。

　　「為什麼我連聽音樂的自由也沒有?!」

　　「你有聽音樂的自由，除了這一首！」

　　眼看說不下去，智中逕自開門出去，留下徒生悶氣的李敏。

　　智中開著車，循著記憶來到一棟屋子前，站在門口想了想，還是鼓起勇氣按了門鈴，一個男孩出來開門。

　　「請問這裡是申家嗎？」

　　「不，我們姓尹。」男孩隨即關上門。

　　智中有些失望的準備轉身，那男孩忽然又打開門問：「你，是不是要找我媽？我媽姓申。」

　　「你媽媽是申巧英？」智中心中忐忑不安。

　　「那是我阿姨。」

　　過沒多久，智中已經坐在建之家，看著建之的漫畫作品。

　　「你的畫很有趣，讓我想起中國漫畫家豐子愷，你聽過這個

人嗎？」建之搖頭。

「豐子愷說，作畫意在筆先，意到，筆不妨不到，筆到反成累贅。」智中接著說。

「那，我是畫下筆太少了？」

「不，我是說以你的年紀，能畫出這麼有想像空間的漫畫，真是難得。」

建之被稱讚，立刻不好意思的紅了臉。而這時淑英開門進來，見到智中，一時因為驚訝而語塞。

「媽，這位叔叔在等妳。」

坐在客廳的兩人氣氛有些僵，智中只得拿起建之當話題說：「這孩子很有藝術天分。」

「是啊！他從小不愛說話，只喜歡玩土和畫畫，我們都以為他會是自閉兒。」

「我小時候也是這樣。」智中直覺的說起自己。

敏感的淑英卻警覺到應該中止這話題，轉而問道：「金先生今天突然來⋯⋯」

智中說了在街上遇見巧英之事，淑英立即堵口：「她回台灣了，你們已是沒關聯的兩個人，請你⋯⋯」此時淑英發現建之站在門口，直到建之出門補習才又繼續說：「當初夫人對巧英的傷害極大，事情過去了，對巧英而言，你已經是路人甲。」

「可是巧英在我心裡永遠不會是路人甲，我只想知道巧英現在幸福嗎？」

淑英沉吟了一會，以堅定的語氣說：「她，很幸福。」

　　巧英現在真的過得很幸福嗎？智中默默的走出建之家，停在十字路口前發呆。

　　「叔叔，我媽不跟你談阿姨喔？」建之的聲音，讓智中神智突然驚醒。

　　「你阿姨……她好嗎？」

　　智中期待著答案，建之的公車卻來了。

　　「啊！我快來不及了！」衝向車子的建之回頭向智中揮揮手，丟下一句，「阿姨還沒結婚，她現在一個人。」

　　話的後半段，就切斷在關上的公車門裡。

　　美貞一早便躡手躡腳的敲著承天的宿舍房間門。

　　「金承天在嗎？」

　　「承天在睡覺。」開門的宋新讓半開的房門透出睡成大字型的承天。

　　「那就別叫他，這生豆腐等會給他……還有你。韓國人的習俗，吃豆腐可以去霉運。」美貞瞄了一下房間，想再看一眼承天。

　　「怪怪，在台灣我們都吃豬腳麵線，不過美貞學姊的愛心豆腐，我是一定會逼承天吃的啦！」宋新笑著回答。

　　下午，承天正在宿舍外洗自己的寶貝車，看見美貞從宿舍走出來，想起那盤生豆腐，立刻對美貞說：「妳那可以辟邪的豆腐，我和宋新全吃完了。妳對我們真好，該如何報答妳呢？」

　　看著美貞望向車子，承天心裡有了答案：「好！給我兩個小時，我載妳去兜風！」

　　美貞立刻歡喜的回宿舍挑衣搭配著，還頻頻問著走進來的香之哪套好看。

　　「還不都一樣。」香之看看床上的衣服，繼續坐在位子上工作。

　　此時電話響起，香之接過電話：「學長？……小木屋的場景導演說要改？……好，我找一下，馬上過來。」香之掛掉電話後在桌上翻找小木屋照片。美貞這時湊過來說：「我覺得啊，成俊學長是故意對妳『漏電』，剛剛要找妳的聲音聽起來口氣就是不同。」

　　「工作就工作，說什麼嘛！」挑完照片的香之，敲著美貞的頭，「我是工作第一，其他隨緣。我要去開會了，妳繼續妳的fashion show吧！」

　　「可我實在看不出來哪裡不行。」從會議室走出來的香之看著手邊的小木屋照片，這回導演嫌小木屋太新，年代顯得太過突兀，得重新找。

　　「唉，工作人員都出去了，何況還要去找明天的臨時演員……」香之苦惱不已，正靠在那輛被洗得發亮的車子旁講電話的承天讓她靈機一動，「對！找金承天幫忙！」

　　「幹嘛找他？」成俊不解。

　　「他有車啊！這樣吧，學長，你專心去找臨時演員，小木屋

交給我！」說著往承天的方向小跑步過去，留下一臉無可奈何的成俊。

心裡雖然還掛記著該帶美貞兜風，承天對香之的請求卻無法拒絕，正好瞧見宋新從宿舍走出，立即抓著宋新嘀嘀咕咕一陣，隨後回頭對香之擺出「OK」手勢，然後香之也對不遠處的成俊點點頭，兩人發動引擎開車出發。

宋新這兩天可是開心得很，一口氣答應承天轉告美貞。因為不久前，宋新才在慶友學姊面前吹噓著原住民畫像的事，而後在洗衣店裡洗衣時，慶友還細心的幫他用洗衣機……這些都讓宋新整天飄飄然。才想到這，他的夢中情人慶友又出現了。

「你，我怎麼到哪裡都會遇見你啊?!」慶友親切的說，「我要去洗頭。」

「真是太巧了，我正在問哪裡可以洗頭呢！」宋新心裡暗自佩服自己的機靈反應。

「你也要洗？」慶友看看抓著頭的宋新，笑著說，「那就一起去吧！」

兩人離開後，打扮好的美貞走到了宿舍外頭。

「那天明明在這附近看到的啊！」承天四顧找尋上回看見的小木屋。

這時承天的手機響了，趕緊將車子停靠路邊。

「喂，媽？山裡收訊不好……誰？以恩？……媽，我聽不見……」隨即將手機掛掉，並且關機，然後對香之吐吐舌頭說，

「唉，我媽很麻煩的。」

「欸，就是那間，我帶妳去！」承天突然發現要找的房子出現了。

被兒子掛掉電話的李敏試圖再撥，但都沒有回應。

「可能山區收訊不好吧。」李敏對著同坐客廳裡的以恩說。

王以恩剛下飛機，到漢城的唯一目的，就是想立刻見到她朝思暮想的承天哥哥。

「早知道我應該先打電話給承天哥哥跟他約好，才不會大老遠跑來找不著人。」

「哦，原來妳不是來看乾媽的啊？」李敏笑著糗她。

此時以恩立刻抱住李敏，撒嬌的說：「哎喲！當然是乾媽第一，承天哥哥第二。」

「承天要是有妳一半機伶，我就不用老生他的氣了。」

「嗯，承天哥哥笨笨的像頭牧羊犬，所以才顯得特別可愛啊！」

「怎麼連妳也跟他爸一樣用狗來形容他啊？」

看著乾媽又要再撥承天手機，以恩貼心的拉著李敏走向客房：「等一下再打，先看看我帶給乾媽的禮物嘛！」

正走向林間小屋的香之和承天，看著經過的地上全是便當、菸盒和菸蒂，覺得有點奇怪。

「這裡最近好像有人來過。」香之觀察道。

「如果不是拍片，誰會來這？」

「逃犯啊，如果躲這鐵定很安全。」走到小屋面前，準備拿起相機拍照的香之說，「房子太破舊，整理鐵定來不及。」

承天倒是對於窗戶全用黑布封起來很是好奇，大門深鎖更讓他感覺不對勁；他試圖將門踹開，但試了幾次還是沒成功。

「我們換個地方吧！我覺得這裡陰森森的，不太適合。」香之覺得這地方挺怪。

「說不定這裡真有逃犯……」走在香之後頭的承天，其實心裡也是怕怕的。

兩人一前一後走在草叢中，忽然間承天感覺自己又變成佐倉，軍服褲管和草摩擦傳來沙沙聲響，那前世的影像又再度交錯出現……香之的腳步和浩妍的一樣輕盈，同樣的天氣，恍恍惚惚帶他進入另一個世界……

承天失去判別身處何地的能力，只是跟著香之不停的往前走，直到香之「啊」的一聲驚醒了他，他本能的將香之往身後拉，面前出現一個陌生男子。

「你是誰？」承天用中文大叫。

男子被承天的聲音嚇到，立刻往另一方向匆匆離去，但可以感覺他不時在觀察兩人的行動。

「別怕！我會保護妳的，相信我！」故作男子漢的承天替香之關上車門後說。

「明明自己害怕，連韓文中文都搞不清楚，還說要保護我？」

香之坐在車上，故意糗起承天來。承天心中不解的卻是，似乎在哪裡聞到那名鬼祟男子的味道。

「黃昏的景色真美，每天拍片都無暇好好欣賞。」香之看著黃澄澄的太陽說。拍完七、八個不同的木屋後，兩人來到山坡上稍稍休息。香之的長髮被黃昏勾勒得楚楚動人，不禁讓承天有股想撫摸的衝動，才剛伸出手，正巧香之回頭。

香之的背影與浩妍十分相似，但是神情卻大不相同，她直瞪著承天看，承天連忙將手指向山下說：「泰仁家就在山下，若不是要拿酒給我們，他也不會被綁架。」

突然間，承天腦中閃過一個影像：「等等，我想起來了，剛剛在草叢裡遇到的人，就是我們在泰仁家差一點撞到的傢伙。」

「難道那人是綁匪？」香之很驚訝。

「我聞過那人的味道，對，是他沒錯！所以……小木屋，啊，我們快去報警！」

靠著承天的鼻功，警察順利將被關在小木屋裡的泰仁救出。

美貞從交誼廳走過去，看見成俊一行人在玩牌，她探頭向外看啊看，表情顯得落寞。

「香之和金承天出去找景，早該回來啦。」成俊一看錶，美貞點點頭。

這時宋新才發現自己的疏忽，立刻對美貞說：「真該死，承天出門時交代我要跟妳說，他陪香之學姐去找景，不能載妳去兜風，我居然忘了。」

「哦！」美貞無語。

「不過狗狗現在一定爽斃了，能跟他最愛的香之學姊在一起。」宋新忘了身旁還有成俊在，得意忘形的說著。

「你這莊家還不快發牌？」成俊冷冷的對宋新說。

「他好不容易有機會跟香之學姊出門，換了是我，我也不想那麼早回來。」宋新一面發牌一面輕鬆回應。

「可是香之又不喜歡他。」美貞淡淡的說，好像也在替自己喜歡承天作辯護。

「學姊，這妳就不懂了，妳難道沒聽過『越是仇人越可能變成愛人』的道理嗎？」

這時成俊丟下牌說：「不玩了，幹嘛這麼熱心研究別人的事？」然後對美貞說：「香之回來時，請她打電話到房間給我。」

剛從警察局「逃」出來的香之，來到小店順口就是要瓶酒喝，卻被承天阻止。

「小鬼別管大人的事。」香之一說完，承天開始牛悶氣。

「叫你小鬼你就不高興囉？在韓國，學弟是沒有資格跟學姊生氣的喔。」香之想逗一下承天，正好頭髮一甩，承天又被這一幕震了一下。

「我沒生氣。不過，學姊，真的沒有人說妳身上有股特別的香味嗎？」

「真的沒有，是什麼香啊？」

承天往空氣四周聞聞，彷彿黑夜中也存有同樣香氣，果然在他身邊找到一株桔梗，順手摘下一片花瓣，對著香之說：「妳的

氣味就是桔梗香。」

「我不喜歡桔梗。」香之衝口而出，接著握起桔梗嗅著，「是因爲一首民謠，歌詞說的是一個叫桔梗的女孩爲愛而死，我不喜歡悲傷的結局。」

「韓國民謠〈遺憾五百年〉也是。」

「你怎會知道？你以前聽過嗎？這是韓國傳統的歌謠，我想你是在片場裡聽到的吧？」香之很驚訝承天竟然知道這首比桔梗謠還要悲傷的歌。

「不，我在夢裡聽過。很奇怪吧！就像妳……也常常出現在我夢中。」

香之不等承天說完，就想辦法轉了話題：「你的鼻子實在太靈了，我覺得你應該善用這天賦，將來去當調香師，把你聞過的味道複製出來。」

承天知道自己又失言了，便不再說有關夢境的事；他對香之的建議很贊同。

「對啊，怎麼從來沒想過，等我做了調香師，第一瓶香水一定要叫『香之』，我要調出妳的味道！」

「不准叫香之！除非跟我買權利！」香之兇巴巴的臉看起來很認眞。

「妳眞的很兇耶。」

「誰叫我爸在我十歲時就過世，我媽是傳統的女人，我常覺得自己應該要保護她，保護這個家。」香之說著就站起來往車子走去，結果不小心絆了一下，承天慌忙的扶住她，那一瞬間，夢

中的影像又再度閃過……

　　這樣的感覺一而再、再而三的出現，承天決定要說出自己的感覺：「學姊，妳可能不相信，從到片場開始，我一直都有種迷惑的感覺……好像常常會忽然忘記這一世的事，突然被時光隧道吸進另一個空間，那一瞬間我不知道自己是誰，爲何會在這裡……好像我同時是另一個人，一個日本軍官，而妳，也不再是香之，而是另一個女子……」

　　「你喔，可能太有想像力了吧！如果有天眞的可以和那個時空接上線，記得要通知我，我們一塊去那未知的世界旅行哦！」香之輕鬆的說法打斷了承天。

　　「我覺得那個世界的我們是心靈相通的，我相信我們之間有段到目前爲止我都還說不清楚的因緣，不過，總有一天我會帶妳到那個世界去的！」

　　望著表情認眞的承天，香之發現或許承天說的「過去」是眞的存在，在「過去」中他們眞的認識，想到這裡，香之心中出現稍許的不安；承天說的會是眞的嗎？自己和眼前這男孩眞有段因緣嗎？

　　回到宿舍的承天一躺下，宋新特意瞄了他一眼：「別告訴我，你已經全壘打囉！那我可就輸掉我們之間的賭注囉。」

　　「拜託，連球衣都沒換啦，還全壘打！」承天給了宋新一個衛生眼，不過想起今天的英勇事蹟，承天又跳下床，擺出英勇的POSE對宋新說，「嗯，你看新聞沒？現在你正在跟破獲郭泰仁綁架案的證人說話，請放尊重點！」

「憑你？我才不信！……對了，你媽媽打電話來宿舍，要你回電。」

承天想起手機還放在車上，便走回去拿。

「媽，不要唸了，我今天有重要的事嘛……什麼，啊，以恩？妳怎麼來了？要幫我過生日？哎，妳眞夠無聊耶……好啦，妳叫我媽陪妳去玩啊……」

這時手機突然斷電，承天正想更換電池時，突然見到香之拿著酒從宿舍裡走出來，緊跟在她身後的是成俊學長。

這一幕讓今天一整天跟香之相處的承天突然全身無力，整個人頹然的趴在方向盤上，喇叭同時響了起來，刺耳的喇叭聲讓成俊和香之猛然回頭，站在宿舍窗口的美貞也看到這一幕，只有承天自己傻傻的發著呆沒有聽見。那晚，承天忘了自己怎麼走回宿舍的。

開滿花朵的山坡，天空忽然響起一陣巨雷，烏雲密佈。一名身著韓服的男子發狂而來，那人又是善直！

善直衝口便是：「你這魔鬼！破壞一切的魔鬼！」逼得佐倉倒退三步，跟在善直身旁的年輕人也跟著出現，同樣發出怒吼：「你再不走，我眞的會殺了你！」

被這兩張殺氣沖天的面容嚇到的佐倉此時卻不再後退，反倒往前一步，昂首挺胸的說：「浩妍和我是眞心相愛的，就算你殺了我也不能改變什麼！」

「可是浩妍是我的未婚妻啊！我全心全意的愛著她。」

「既然愛她，爲何不放她走？你們之間毫無愛情！」

　　這時善直對著天空大吼：「你不要再說了……」接著兩人同時朝著佐倉一步步逼近。佐倉發現自己的背後已是懸崖，再也無路可退，突然後腳一滑，佐倉大叫一聲，掉落山谷……

　　承天激動的在空中揮舞著雙手雙腳，接著從床上滾下，把一旁的宋新嚇醒，這回兩人的頭又撞在一塊。

　　「哦，好痛！狗狗，是不是這山不乾淨啊，讓你淨做些怪夢。」揉著頭的宋新不免擔憂起來。

　　承天這回終於比較清楚的想起，夢中的善直很像成俊學長，或許是因為自己對成俊追香之的舉動不滿，才會日有所思、夜有所夢吧！也或許真如宋新所說的，這地方不乾淨。

　　宋新走出宿舍，果真覺得到處看起來都鬼影幢幢，一抬頭突然大叫一聲，原來走廊那頭真的出現一個長髮的人影，等走近才發現原來是香之學姊。

　　香之聽完宋新的話，回房便對美貞說：「又在作怪，這回說承天撞鬼。」

　　「你們昨天沒遇到什麼怪東西吧！」

　　美貞的關心，不免讓香之想到美貞這幾天的行為，於是試探的問：「妳喜歡金承天？」

　　「我，我只是覺得他可愛啊，可惜……」美貞霎時臉紅。

　　「可惜什麼？可惜他年紀太小？」香之笑著問。

　　「可惜……他喜歡的是妳。」美貞嘆了口氣，將她這幾天的觀察全說了出來。

　　為了掩飾自己心中的紊亂，香之別開美貞的眼神說：「哈，

喜歡我，我看他是怕我吧！我又不是妳，看到帥哥就做夢。拜託！我和他是不可能的！」香之還特別加重最後幾個字的語氣，她的說法讓美貞心生歡喜。

「智者大師在765年創立佛國寺……」宋新一邊刷牙一邊低頭看著馬桶蓋上放著的關於慶州廟宇的旅遊書，不時唸唸有詞。

「笨啊！是上月圓覺大師在751年啟建，1765年重建的！咦，你的生活習慣也變了哦，又是洗澡又是刷牙的，一定有問題！」承天逮到機會準備好好盤問。

「要你管！」宋新神祕兮兮的打理身上的服裝。承天嘟著嘴說：「穿得再帥，還不是去片場當小弟，何必呢？」

「不！片場今天只需要你──我先走了！」

宋新和慶友學姊來到書上介紹的佛國寺，走在風景優美的寺院裡，慶友發現宋新神色有些凝重。

「你怎麼一臉不開心啊？」

「我？怎麼會呢？來到這個結合宗教、藝術、建築和現代企業管理的歷史名勝，我只有讚嘆的份啊！」原來宋新的表情是故意引起慶友發問。

「歷史名剎跟現代企業管理有什麼關係？」

「嗯，佛國寺的整個寺院都有電腦控制的防火和電器取暖設備，是個了不起的現代化寺院。」

「哇！你怎麼知道這麼多？」慶友崇拜的看著宋新。

「沒什麼，只是有興趣，看過些書。」宋新自認有備而來，繼續賣弄著惡補的資料，還不時偷看小抄。

「一日不做，一日不食，是佛國寺修行的戒律之一，你看，寺廟中的出家人自己做的泡菜。」

宋新指著一排排醃漬著泡菜的甕，忽地一陣強風讓宋新的小抄不小心掉落地上，深怕被慶友看到的宋新立刻用腳踩住，但慶友的視線移來動去，宋新卻只能杵在原地，老找不著機會下手撿拾小抄；正當決定放棄時，沒想到慶友卻一眼看見地上有張紙，說：「誰在這佛門淨地亂丟紙屑啊？」伸手俯身要撿。

小抄若被慶友看到那還得了？不就前功盡棄，全穿幫了嗎？宋新情急之下整個人往前跨去，輕輕撞著慶友，慶友因此重心不穩倒在他身上、宋新順勢抱住慶友，慶友也沒有掙扎的看著他，於是一陣意亂情迷之下，兩人吻了起來。

此時，一早來到佛國寺，希望能以虔誠的心化解承天厄運的美貞也來到附近。她恭敬的向每尊佛像參拜，希望自己的誠心能夠爲承天化解災難，才剛放下祈求的雙手，卻看見擁吻著的慶友和宋新，立刻大喊：「你們……這裡是佛門淨地，你們在做什麼？」

美貞赫然出現眼前，兩人尷尬的趕緊分開……

片場裡的氣氛再度詭譎，這回換成俊發飆。原來排戲排到一半，發現有場戲該宋新上場，卻遍尋不著他。

「你代替宋新！」成俊指定承天用背影上戲。

就算承天百般不願，還是得服從，只得快快然來到服裝間換裝。香之看著成俊對待承天嚴厲，便心生同情的往服裝間走去，想找他聊聊。

一進服裝間，香之看見換上軍服的承天，軍服穿在承天身上，這情景怎麼好生熟悉……這回換香之感到眩暈了，眼皮不聽使喚的垂下，腦海中的情景卻逐漸變得清晰……

她聽見帥氣的軍官對著自己說：「服從國家的命令，是作為一個軍人的本分。戰爭已經開打，身為天皇的子民的我，既然不能選擇當作逃兵，便只能勇敢的前進殺敵；浩妍，等戰爭結束，我一定會回到這裡，娶妳做我的妻子。」

那名軍官是這麼對著夢裡的浩妍說的，可是香之的感覺卻彷彿是對著自己許下承諾；聽著佐倉的話，她感受到分離的苦，逐漸流下淚來……

「妳還好吧？」承天將突然失態的香之扶到旁邊休息，香之聽到承天擔心的聲音，醒了過來，發覺自己臉上殘留著淚珠，趕緊擦乾，過了一會才用學姊的口吻說：「成俊在片場壓力本來就大，他脾氣不好時你不要跟他衝，也不要跟他生氣。」

「他故意的……老針對我！」承天委屈撒嬌。

「誰叫你最沒大沒小。」香之笑說。

「我看他是把我當情敵吧？」承天倒是小小驕傲起來，順便看一下香之的反應。

此時成俊果然在外頭喊著香之，更加證實承天的想法。

「我沒說錯吧！他又在找妳了。妳可不可以不要理成俊啊？」承天小聲的說。

面對承天的無理要求，香之不回應的離開。走回片場，聽著正播放的〈遺憾五百年〉，香之不自覺閉上眼，恍惚中，穿著日本軍服的承天正朝她走來，對她說：「喜歡這首民謠？」香之一張開眼，發覺問這話的卻是成俊。

「呃，不，這歌太悲，讓被喜歡的和喜歡人的都被壓得喘不過氣。」香之趕緊回神。

〈遺憾五百年〉的音樂，似乎催眠了留在道具間的承天，逐漸回到過去的夢境……

夢裡的佐倉正為浩妍彈吉他唱歌，浩妍專心看著佐倉，而浩妍美麗的容顏幾乎和香之一模一樣。

「我喜歡妳們國家的民謠。」佐倉完全沈浸在優美的音樂中。

浩妍卻有不同的意見：「我不喜歡，那是悲傷的歌，我不喜歡分離！這歌好像也在說我們的命運注定分離。」

「不會的，總有一天，我們一定可以在一起的。」

正當佐倉想握住浩妍的手，浩妍卻像雲霧般消散在空中，承天握住的只是空氣。於是承天開始悲傷的啜泣，大聲叫著：浩妍，妳不要離開我……

「卡！是誰在鬧場？就差這麼一步，可惡！不拍了！」原本全神貫注於看 monitor 的導演，對於女主角難得超水準的演出，正欣喜這鏡頭絕對沒問題，沒想到竟被現場無名的哭聲給破壞；

導演震怒下，大力踹著導演椅，眾人噤聲不敢亂動。

香之慌忙循著哭聲來到片場後頭的道具間，見承天睡著，但眼角流著淚，同時很不安穩的發出哽咽聲，立刻確定剛才那哭聲肯定就是承天發出的。

承天迷迷糊糊的被香之搖醒，沒想到竟緊握住搖他的手不放，一直重複說：「不要走、不要走……」

香之用力將手抽回，加大音量說：「金承天，你，看清楚我是誰？」

「妳……」承天半睜開眼，搞不清夢境和現實。

於是承天向香之解釋他夢見的一切，原想責備一番的她，看著淚流滿面的承天，也愣在原地不知如何接話，只得拿出手帕說：「一個大男生哭成這樣，也不怕丟臉？」

承天擦完眼淚，還留戀的聞了聞手帕上香之的那股熟悉的香味。

「剛剛那是什麼歌啊？」

「〈遺憾五百年〉，你不是知道嗎？」

香之剛說完，承天便一字不差的哼了起來，讓香之吃驚不已，「你會唱？」

承天搖頭。「沒有人教過我……這就像喜歡妳一樣，不需要人教，也不需要理由。」承天一口氣說出心裡的話，倒叫香之不知所措，於是香之想起美貞對她說的話，故意說：「我知道……美貞喜歡你。」

「可我喜歡的是妳。」承天看著香之表白，「妳在躲什麼？

剛剛我看得出來妳在意我的感覺，給我機會，妳一定會喜歡上我的，香之。」

「叫香之學姊！」香之只得拿這身分來壓住承天的想法。

「香之、香之、香之，我就是要叫香之！」承天開始任性起來。

「我二十三歲了，有很多夢想要去實現；別傻了，小朋友。」香之用成熟的大人口氣來面對固執任性又賭氣的承天。

「我不是小朋友！何況妳只是不敢面對自己的感覺，妳在找藉口騙自己不要喜歡我。我覺得我的身體裡住著一個靈魂，好像是走過很長很遠的靈魂；這靈魂走長遠的路，只為了找到妳——這是兩個靈魂間的事，是什麼現實都阻擋不了的！給我機會，跟我說『好』，好嗎？」

承天感覺要尋找的另一個靈魂就是香之。而看著承天專注的神情，香之似乎也隱約感覺到自己長久以來的某部分即將被喚醒，正要與承天的想法「接上線」時，成俊正巧推開門，輕聲細語的說：「香之，原來妳在這，現場要開拍了。」於是香之並沒有對承天說出任何心中想法，便走了出去。

外景戲即將殺青，承天打電話回家時，手裡一面聞著香之的手帕，一面說：「我哪有開車……照片？拍得帥嗎？……對，本來是明天回漢城，可是從小妳不是教我做事要有始有終嗎？只剩幾個鏡頭，總要全部殺青才能離開吧……好啦好啦，妳不要再說

了，一拍完我就回去。」一掛掉電話，承天既開心又驕傲的說，「照片上報囉，還是情侶檔，讚！」

「這孩子，拍個戲，把心都拍野了！」李敏上回在電視上看見兒子參加比賽，這回又看到兒子上報，竟然幫忙抓歹徒，真不知下回又會弄出什麼花招來。

「乾媽，承天哥哥明天會回來吧？明天他生日耶。」以恩特地從澳洲飛來幫承天過生日的，來了好幾天，卻連個承天的影子也沒見著，唯一看見的，是報紙上承天和一名陌生女子的合照，於是急切的問，「這韓文報紙到底寫什麼啊？照片裡跟承天哥哥一起抓壞人的那個女的又是誰啊？該不會是他女朋友吧？」

「不可能！我不准他交韓國女朋友。」李敏很確定這是她訂下來的原則。

香之握著「情侶拍檔智擒綁匪──肉票獲救」斗大標題的報紙，旁邊則是一張兩人閃躲記者時被拍下的照片，香之放下報紙說：「這……什麼跟什麼嘛！」

成俊把報紙搶過去，蹙著眉讀完：「怎會這樣寫？我想金承天一定很高興。」

「為什麼你這樣說？」

「他喜歡妳，妳很清楚。但是我可不希望他像個古代牧羊犬，搖著尾巴在妳身邊繞呀繞的……」

「你不應該這樣說他！」

「他喜歡妳，而且──妳也喜歡他，對不？」成俊試探著香之的反應。

「他只是個小孩……」香之在成俊面前立刻迸出這句話。

「我要妳的答案，我很在意這件事情，因為我要和妳交往。」成俊突如其來的話，讓毫無心理準備的香之，呆立在原地。

晚上的慶功宴，大家終於解除這些日子的緊繃情緒，暢快的喝著酒放肆聊天，氣氛相當熱絡。

成俊坐在香之旁邊，不時的為香之挾菜，承天和宋新則被分配到遠遠的角落。直到導演喝得七、八分醉，將成俊招過去擋酒，慶友才趕緊招呼宋新過來。宋新悄聲對承天說：「你只剩這個機會了，我們走。」

在一旁安靜看著慶友、宋新和承天三人互動的香之，沒多久終於說出心中的觀察和疑惑：「慶友，為什麼每次妳都跟宋新一起將酒喝掉？」

不知如何解釋的慶友臉脹得通紅，一旁的宋新倒是很大方接話：「社長，先讓我敬妳三杯！謝謝妳給我拍戲學經驗，還結交到良緣。」

「良緣？哇，慶友，真的嗎？……你們，不會吧！」香之不可置信的看著兩人。

「香之學姊，讓我再敬妳三杯，為我等會可能說錯的話先賠罪。好，我說囉……請妳……給承天一個機會。」藉著酒意，宋新大膽說出哥兒們的心事。

喝了酒的宋新聲量太大，讓宴上的人突然全都停下來聽他說話，宋新無懼這些，指著香之繼續說：「我跟承天從小一起長大，妳是他第一個心動的女生。」

　　坐在旁邊的承天則是低頭猛灌酒，其他人則「承天、承天」的瞎起鬨，要承天表白。

　　「香之，我喜歡妳！」承天終於鼓起勇氣在香之面前站起來，對香之說出真心話。這時眾人全屏息等待香之的回答。

　　香之發覺到成俊、美貞等人的眼光全投射過來，四兩撥千斤微笑的說：「我也喜歡你啊！我啊……最喜歡你這頭無政府狀態的亂髮，亂得很有個性呢！」

　　大家因香之的答案哄堂笑鬧著，宋新也在旁學起狗叫，只有承天感覺到自己被拒絕的難堪，問了一句：「只有這樣？」

　　香之繼續裝傻，幫承天倒酒，故意說：「來，喝酒，按照韓國規矩。」

　　承天一口氣喝掉。

　　香之又倒，然後說：「跟學姊喝酒，手怎麼可以沒遮住酒杯？再罰一杯！」

　　承天再喝掉。

　　這時成俊走過來，故意對著承天說：「怎麼只跟學姊喝酒，那學長我呢？這可不行……來來來，喝三杯。」

　　承天又喝下三杯。轉身回到自己座位，繼續猛灌酒。

　　「香之，妳不該是這麼殘忍的人。」美貞看著這一幕，心裡很是難受。

　　香之不理美貞的話，繼續對自己猛灌酒。過了一會才說：「妳心疼他？那妳快去安慰他，這時候的他應該很脆弱，很需要關心。」

「妳知不知道妳在說什麼？就算妳不喜歡金承天，也不應該傷害他。」美貞討厭香之的冷漠。

「我並不想傷害他，一點也不想。」香之凝視著酒杯緩緩的說。

「那麼，妳在抗拒什麼？」美貞直視香之，彷彿想從她的眼裡看透香之。

「我不能因為他喜歡我，我就必須也喜歡他；我有選擇的權利吧？」

「沒錯，這是典型尹香之的回答，只要選擇了一條路，不管多痛苦，就一定會走下去。但是我只是想告訴妳，看起來條件符合的對象，不見得能帶給妳幸福，只有用心感覺，才能得到真正的愛。」

「既然妳喜歡金承天，何不和他談一場用心感覺的戀愛？」

美貞幽幽的說：「我很想，也試過，但他心裡就是只有妳。」

香之被美貞最後這一句話給震懾住，酒意甚濃的她，彷彿聽見〈遺憾五百年〉的歌聲在遠處飄蕩著，於是隨著音樂聲離開座位向場外走去。

受到香之刺激的承天一人來到附近的山坡吹著夜風，此時〈遺憾五百年〉的歌聲好像也被風吹了過來，承天低聲吟唱。

他發現山坡旁有工人留下來的大小刷子及顏料，專心的調起顏色，拾起身旁的桔梗，將調好的顏色均勻塗在每一片花瓣上。

「我沒看見你，有點擔心。」承天因為太過專心，絲毫沒有

發現香之的到來，直到聽見香之的聲音，才淡淡的說：「擔心？妳會嗎？」

繼續刷著油漆的承天保持沉默，兩人就這麼不再說話。香之看著承天塗著桔梗，沒多久，承天將桔梗拿到香之面前。

「許個願吧。」

「對不起，我只跟生日蛋糕許願。」

「這就是生日蛋糕。」

香之不想跟承天爭論，於是對著花說：「我希望工作能力能被肯定，大學畢業後可以進電影公司工作。」

「哦，原來妳的心願是這個？好冷的願望！」

「我一直朝這個方向在努力，這樣的願望怎會冷？那你呢？」

「我？直到來到這裡跟妳相處，我才發現自己真正活了起來。」

承天閉起眼睛，說：「所以，我要對著這個生日蛋糕，許願『希望可以跟尹香之交往，我會盡所有的努力照顧她！』」

「心願只用在感情上？太浪費了！」

「這是我的初戀，怎能說浪費？」承天握住香之的手，想確定自己的想法有沒有錯，「妳是因為我是學弟才拒絕我，對不對？」香之抽回手，承天繼續說：「我的靈魂跟妳的靈魂通過話，沒錯，就是這樣的！」

承天將那朵被塗成紅色的桔梗交到香之手中說：「送給妳！桔梗代表真誠的愛，紅色桔梗代表我對妳是真誠且永不改變的愛！」

「只可惜紅色桔梗並不真的存在這世上……」香之想破除承天的虛幻想法。

「只要耐心上色就會有！我相信只要付出夠多，無論花或愛情都能變成妳所期待的顏色。」

「佐倉先生，我相信只要我們用心付出，那滿山的桔梗都會為我們而開。我相信開出來的花，代表著我們永恆的愛情……」

看著桔梗花，兩人都被深藏在前世的排山倒海情愫給牽動，突然間天旋地轉，承天緊緊抱住香之，低頭親吻了她。過了一會，香之突然理智的推開承天，試圖平復心中的激動，不敢正視承天的臉低聲說：「對不起，就當那是個意外吧。」

香之這句話讓承天整個腦袋一陣空白，愣了幾秒才說：「我不認為那是意外！」

香之往來時路走了幾步，停下來回頭說：「謝謝你的生日蛋糕。」

望著香之的離去，承天忍不住對著她的背影大喊：「香之，今天是我二十歲生日！」

聽到這句話，香之整個人愣住，走回承天面前，不發一語的將花交到承天手中說：「生日快樂！」然後踮起腳，在承天的額頭上輕輕親了一下。

這時因為找香之而上山來的成俊，手電筒的光正巧打在他倆臉上；看到香之親吻承天額頭的成俊雖然心生不悅，只是說：「找不到妳，我好擔心，記得以後去哪裡都要跟我說哦。走吧！」

看著成俊摟著香之離開，整個空寂的山坡，只剩承天一個人

吹著夜風，靜靜看著手中那朵紅色桔梗；耳畔裡傳來〈遺憾五百年〉的音樂，悲傷的旋律，久久揮之不去。

第三話　**今生的承諾**

她懇求管理員放她進去，最後不顧阻止，硬是衝入遊樂園。

來到自由落體區，偌大的廣場空無一人，

全身被雨淋溼的香之望著樹上掛滿的絨毛玩具，愣在原地無法言語。

一朵開在山崖石縫邊的紅色桔梗迎風站立。

佐倉看到後，如獲至寶的對浩妍說：「妳看那花，顏色好特別！」

「哇！好美，聽說只要看過紅色桔梗，來生都還會眷戀著前世不變的愛。我聽說紅色桔梗是用愛人的鮮血染成的，那股愛的力量將超越生死。」

聽完浩妍的話，佐倉決心要為浩妍摘下那朵花，俯身向紅色桔梗前進，一不小心卻失手往崖邊滑落。

「佐倉！」浩妍喊著佐倉的回聲充斥在山谷中⋯⋯

承天身體一震，感覺自己似乎正以快速的力量往下墜，隨著腳一抽動，才發覺原來是場夢。

一醒來發現已是清晨，昨晚哭累了，手還沾滿紅色顏料就緩緩睡去，夢中的承天又再度回到前世，他看見自己站在這座山坡上。

承天想起剛剛在夢中出現的紅色桔梗，抬頭看著自己昨晚在巨石上畫的，無論形狀或模樣都相同。心裡有著幾分震撼。

但是承天肯定是日有所思夜有所夢，夢中出現紅色桔梗也就不足為奇，何況夢裡的是浩妍而非香之，於是他告訴自己，不能再一直陷入混亂中，唯一不變的，是他對香之，是正被朝陽照著，充滿生命力的紅色桔梗，那是他對香之不變的愛戀。

　　外景隊的車子一輛輛開上返回漢城的路。美貞欣賞著窗外風景，臉上突然出現驚訝神情，「啊！香之妳看！」順著美貞的視線看過去，遠處的巨石上出現一朵紅花，像是對香之作無聲的告白。

　　美貞立刻向工作人員借拍立得，拍下石壁的照片，然後丟給香之。

　　同車的工作人員們也陸續發現這石壁上的紅花，七嘴八舌的談論著，其中有個人肯定是金承天畫的，因為看見他早上全身沾滿油漆回宿舍來……

　　「如果不是心裡有股莫大的衝動，誰能畫出這樣的花來？」美貞說完，讀著香之眼裡複雜的表情。

　　「是嗎？說不定是為了妳！」香之這違心論一說出口，氣得美貞不再理她。然而在香之心裡頭卻是思緒萬千，手裡拿著照片，愣愣看著窗外，想起承天昨晚對她說的話；望著巨石的她，眼睛逐漸迷濛起來，直到車子駛離石壁，越離越遠……

　　「麻煩幫我找一張約翰藍儂的『Jealous Guy』專輯。」智中出現在唱片行，重新再買一張相同的 CD。

　　「最近是不是有什麼約翰藍儂的紀念活動，怎麼連剛剛那個小弟弟也來買？」店員一面將專輯交給智中，一面指著某個男孩。智中走過去發現那男孩竟是建之，有些驚訝。

　　「啊……叔叔，您好。」被智中點一下肩膀的建之，發現是

那天來家裡的叔叔。

　　看著智中手中的 CD，建之說：「看得出來你是阿姨的朋友。阿姨也常聽這首歌。」

　　建之的話讓智中微微笑了起來。出了唱片行，智中看著離去的建之，突然想起存在心中已久的疑問，說不定可以透過建之解開，趕緊追了上去。

　　「建之！你能不能告訴我，怎麼跟巧英阿姨聯絡？」

　　「阿姨回台灣去了，她一直住在台灣。」站在地鐵站外的同學，大聲叫著建之，建之向智中揮揮手，和同學一起消失在智中眼前。

　　沒能和承天哥哥一起吃生日晚餐、一起切生日蛋糕，以恩心裡悶得很，不過終於盼到承天拍戲回來，一見到承天立刻黏著不放。

　　「生日快樂！這是我送你的生日禮物，快拆拆看是什麼。」以恩一把勾住承天的脖子，往承天臉上一親，承天趕緊躲開。

　　「快拆禮物嘛！」以恩將送承天的禮物堆在他面前，承天只好拆開，發現裡頭是條項鍊，承天一看完便收起來，這時以恩撒嬌的說：「這可是有機關的。」原來項鍊的鍊墜可以打開，裡頭已經放了一張承天和以恩過去的合照。

　　「咦，這是你十六歲生日時拍的嘛！」李敏湊過來看，「那年以恩還吵著要你許願，以後長大娶她。」

　　以恩打斷乾媽的話，紅著臉說：「人家現在還是這樣想

啊！」

「禮物看完了，妳們慢慢聊，我還有事……」說完承天趕緊溜回房間。

趁勢溜回了房間的承天，臉上蓋著香之的手帕：「這是什麼味道呢？怎麼就是無法形容？……嗯，去找老爸，他一定知道。」

承天立刻往智中書房走去，書房裡又是〈Jealous Guy〉的音樂，承天希望父親能夠從手帕中聞出什麼來，可是智中卻搖頭。

「連你也聞不到，難道這是單戀的味道……」承天失望的拿回手帕。

「是誰將我家狗狗迷得神魂顛倒啊？我倒想知道。」智中一看便知承天陷入了情網。

「宋新的學姊，一個年紀比我大，動不動就拿『學姊』來壓我、老認為我是小鬼，很兇悍、有個性、又很可愛的女生。」

「聽來難度很高，不過有緣比年齡重要，追女孩就要彎得下腰。」

承天一聽，故意拍拍肩膀糗起老爸：「就像金智中先生被可怕的李敏女士訓練得很好一樣。」父子倆相視苦笑了起來。

以恩全身穿著耀眼的走在漢城街上，陪著逛街的承天則是盡量和她保持距離。承天看見街上一家招牌寫著香氛專賣店，毫不遲疑走了進去。

「所有香味融合後，都能成為一種獨特的香味嗎？」承天好奇的問。

老闆點點頭說：「對一個優秀的調香師來說，只要憑著嗅覺與創意，就能創造出讓人驚豔的獨特香味。」這番話讓承天陷入沉思。

「這電影有什麼好看的，硬逼人家看！」走出戲院，以恩就嬌嗔的抱怨。

承天發現手機遺落在座位上，留下以恩在出口處等，趕緊回頭去找。

來往人群莫不盯著穿低胸洋裝的以恩看，此時一名服務員要以恩「往旁邊站」，聽不懂韓文的以恩差點和服務員起了衝突，正巧這時成俊出現，幫以恩解圍，兩人聊了起來。

拿了手機後，承天發覺空氣中有香味出現，果然立刻看見香之的身影。原想打招呼又覺不妥，只好躲進男廁，沒想到這麼一耽擱，反倒讓成俊和以恩有時間聊開。等到香之走近，他們已交換好聯絡電話。

「這是你的女朋友？」以恩覺得香之很面熟，「我好像在哪見過妳」「承天哥哥，我在這！」躲了半天的承天，沒想到香之居然站在以恩旁邊。

成俊和香之同時回頭，承天此時恨不得立刻消失，一走近，以恩立刻興奮的勾起承天的手。

「金承天，看不出來你有個這麼火辣的女友。」

「才不是呢！別亂說，她是我媽的乾女兒。」當著香之的面，自然不能讓她誤會。

基於禮貌，承天對以恩介紹成俊：「這是我拍戲的前輩。」

　　這時以恩終於想起自己究竟在哪見過香之，原來和承天一起破獲綁匪案的女生就是她！以恩一抓住機會立刻指著香之和成俊問：「你們是男女朋友嗎？」

　　以恩的問話讓場面再度陷入尷尬，承天趕緊將這位大小姐帶離現場。

　　幾天後的校園裡，香之正為「華語電影週」馬不停蹄的忙著，當然慶友和美貞也沒閒著。密密麻麻的工作項目、佈置會場、整理導演資料，在社團沒有經費下，還要將中文翻譯成韓文，讓香之苦惱不已。

　　鬼混到社辦的宋新正巧聽到翻譯這事，當著慶友的面打包票說：「中文是我的母語，當然包在我身上。」這番話聽在慶友耳裡，對宋新露出仰慕的眼光，這下讓宋新更樂了。

　　只可惜驕傲是需要付出代價的。宋新討救兵討到承天家。承天正開心的看著港式無厘頭電影，笑得樂不可支，宋新故意按下暫停鍵：「終於知道為何你是情場敗將，而我是常勝軍了。」

　　「對不起，我現在什麼都不想聽。」承天又按下開始鍵繼續看。

　　宋新想著自己的「功課」，設計問著承天：「看過侯孝賢的電影嗎？」

　　承天搖頭。

　　「王家衛的？」承天還是搖頭。

「唉，我看更別說張藝謀吧。」

「張藝謀是誰？」一聽這回答，宋新知道承天已經掉進陷阱：「難怪你和尹學姊不來電，你瞧，這些是她爲了即將到來的華語影展挑出來的導演名單，哎喲，幸好我幫你製造機會，好讓你可以絕地大反攻。」

承天聽完後還是一頭霧水，宋新挑個眉繼續說：「你媽不是有兩個韓文祕書嗎？找他們幫香之學姊翻譯完，她一定會說你很棒的。」承天似懂非懂的說：「你們學校辦活動，關我啥事啊？」

這下換成宋新輕鬆的看起電影，因爲他知道承天絕對會使出渾身解數、動用所有資源幫他完成他包下的「翻譯工程」。

美貞和慶友提著一堆東西站在街道旁，等承天和宋新來接她們，慶友左顧右盼，無意間卻看見成俊和以恩兩人愉快的走進一家餐廳，連忙推推身旁的美貞：「那不是成俊學長嗎？他身邊的女生是誰啊？」兩人無言以對。

好不容易將所有東西搬上車，許久未見承天的美貞，故意提議大家吃點東西。宋新環顧四周，指了指成俊和以恩剛剛進入的餐廳，美貞和慶友雖面有難色，但在不知如何拒絕的情況下，還是硬著頭皮進入。

當承天一行人進入餐廳，立刻被眼尖的以恩看見，揮手大喊：「承天哥哥！」

眾目相視，這頓飯當然是甭吃了。一路上承天手握方向盤不

發一語，來到慶友家門前，讓宋新陪著慶友拿東西進去，自己在外發呆。

「別生氣……就當是約一個外地的朋友出來吃頓飯，沒什麼嘛！」留在車上陪承天的美貞，試圖緩和他凝重的心情。

「可是若妳知道成俊是怎麼認識以恩的，妳就不會以為事情這麼單純！如果今天成俊在追妳，卻和路上隨便認識的女生吃飯，妳做何感想？」

「可是香之她自己都做了決定，你又何必……」

「我就是不希望香之被騙、不希望她受傷嘛！她若知道，一定會很傷心的！」承天愈說愈氣憤，竟用手捶起牆，剎那間血從指縫流出。

第二天一早，承天叫住剛經過客廳的以恩。以恩還以為承天良心發現要帶她去玩，沒想到承天劈口就是一句：「朴成俊不是好人，離他遠點。」

正想繼續解釋，剛接完電話的宋新從房間裡走出來，一臉傻愣愣的表情：「我哥在公司突然昏倒，現在在加護病房，我爸媽要我回去一趟，他──說不定會掛……」宋新眼睛指向那些稿子說，「可是……」

「可是什麼？還不趕快找我媽的祕書幫你訂機票？拜託，這些稿子我來弄，你快回去吧！」承天一口氣將這個節骨眼還婆婆媽媽的宋新給轟出韓國。

　　承天拎著翻譯完的稿子走近辦公室，看見香之一臉無助的盯著電腦。

　　「電腦莫名其妙的當機，印到一半的印表機也不動了。」香之彷彿看到救星般，向承天求救。

　　承天蹲下身查看主機線路，發現只是插頭脫落，一插上，螢幕立刻亮了，承天將自己帶來的稿子交給香之。

　　「宋新家裡有急事回台灣去了。這稿子前面三分之二是我和宋新一起弄的，後面是我自己做的，可能文法上會有錯誤的地方，妳看一下。」

　　香之接過稿子，發現稿子上頭還有一個導演的簡介。承天解釋道：「宋新說你們要找一個導演來座談，這導演可以吧？」香之一看是很想邀請的台灣名導演，露出擔心的神色，承天意領神會的說：「妳不用擔心費用，他是我爸的好朋友，我都跟我爸說好了，他會搞定的。」知道香之又要逞強，承天立刻補上一句：「我爸是你們學校美術系老師，幫忙解決問題是理所當然！」這才讓香之不再堅持。

　　事情交代完畢，承天轉身離去前，香之突然說：「已經中午了，我請你吃飯。」

　　承天不可置信的說：「吃飯？……就我們兩個？」

　　「要不然呢？」

　　「我擔心妳還約了別人！」承天終於鬆了口氣。

　　兩人來到學校附近的餐廳用餐，能和香之一起吃飯，承天顯得心情極好，將所有食物一掃而盡，連香之的飯菜也不放過；看

著經過身旁的老闆娘，直說這是他來韓國兩年吃過最好吃的，老闆娘被逗得樂不可支，立刻開口要請客。

「啤酒。」香之的選擇永遠是酒。

「現在是白天耶，哪有人白天喝酒？」承天對香之說。

一旁的老闆娘順口說了一句：「妳的男朋友看起來不開心囉。」

一聽到「男朋友」這三個字，承天害羞了起來，心裡倒是喜孜孜的。

走在校園裡，香之語重心長的想把話說清楚：「承天，我很喜歡你，也希望我們能像朋友、像姊弟，但是如果你老是做出像慶州時那樣的事情，我會不知道該怎麼跟你相處。」

承天一聽，才剛感受到的愉悅心情又盪到谷底，於是停下來一把拉住香之：「妳為什麼要這樣說？我希望妳不要跟成俊學長在一起，他不可靠，我是說真的，妳會受傷的！」

「別亂說，成俊不是你想的那樣；成俊跟我說過，他覺得你跟以恩很配啊！」香之故作輕鬆，倒讓承天更受打擊：「上回妳說美貞，這回說以恩，下回呢？難道要說慶友？妳究竟知不知道妳在逃避什麼？」

看到承天氣炸的神情，香之也感覺到自己不應該如此回應；承天對於自己的真心誠意被當成玩笑對待，承天心裡雖然很生氣，還是一臉嚴肅的對香之說：「在妳接受我之前，我絕不放棄……」

承天的眼神與香之四目相交。

他的眼睛，像是一個巨大磁場，吸引著香之，許多畫面開始出現……她似乎聽到耳邊傳來佐倉對她說的話：「不管妳家人如何反對，未來有多麼困難，我始終會在這裡等妳，永遠不會放棄；只要妳回頭，我會在這裡等妳，永遠都會等妳！」

佐倉的臉和承天的臉重疊——香之不知還該說什麼，只是安靜的繼續往電影社走。

走了一會發現承天沒有跟上，香之回過頭看著凝視她已久的承天，承天用無比堅定的語氣緩緩說出他的愛情宣言：「只要妳回頭，我會在這裡等妳，永遠都會等妳！」

香之被承天這句話給嚇著，這句話和剛才耳邊聽到的……完全相同！

這些話在香之心裡迴盪著，眼淚隨著情緒起伏也將奪眶而出，她趕緊撇過頭，不讓承天看見即將落下的淚。

不遠的地方，成俊卻陰沈地看著兩人。

以恩和李敏兩人大包小包從百貨公司出來，以恩拿出上回和成俊吃飯的餐廳名片，吵著要李敏帶她去。

名片上的餐廳，是一家平價烤肉店，李敏自覺與這餐廳格格不入，但被以恩拉著也只好進去。

香之、成俊與一群男性友人也在餐廳裡用餐，香之一杯接一杯的喝，喝完立刻又倒，成俊看不下去，堅持要替香之喝。

進門後的以恩隨意環顧四周，看見微醺的香之和不讓她喝酒

的成俊，立刻向他揮揮手。

　　一旁的李敏用不屑的眼神打量著成俊和香之，對於以恩竟然認識這群人，表情更是凝重，立刻轉身走出餐廳，以恩也只好趕緊跟著離開。

　　香之繼續猛灌酒，她希望藉著酒能忘掉白天承天對她說的話。承天將會永遠等她回頭？究竟自己在逃避什麼？要忘卻這些真的很辛苦，只有酒能暫時阻止停不住的意念。

　　從燒烤店出來的香之已經醉得不省人事，成俊要送她回家，卻被拒絕。香之非但不承認自己醉了，還順手招了部計程車，硬是把成俊送上車去，結果自己走了兩步，便倒臥在路邊不省人事。

　　不久，一輛汽車在香之前面停了下來，刺眼的車燈照著香之的臉，香之微微張開了眼睛，只見一名男子彎下身將她抱上車，香之無力的微笑，昏躺在這名男子的懷抱中，車門關上，快速駛離原地。

　　受到白天忽喜忽悲的心情影響，承天這夜並不好眠。

　　夢裡他發現自己置身一座古老的火車站。

　　黃昏的車站除了站務員，只剩佐倉一個人等著火車進站。

　　通過剪票口，站在月台上的佐倉依舊頻頻回首，但是並沒有人出現。攀上車門，火車緩緩啟動駛離月台，隨著景物的倒退，他的雙眼緩緩流下淚來……浩妍，妳始終沒來。

　　被哥哥軟禁在房的浩妍，望著收拾好的行李，想盡所有辦法

就是無法逃出這個家；她知道佐倉正在火車月台上等著她，著急的敲著門，因為她清楚的知道，就算嫁給了善直，心還是在佐倉身邊，想到婚禮就快舉行，浩妍的眼淚就撲簌撲簌的往下掉……

陽光曬得承天不得不從夢裡醒來，眼角還殘留著淚痕，彷彿剛從一段遙遠的旅程中歸來。躺在床上的他，與房外的爸、媽和以恩好似分隔兩個世界。

他聽到客廳的以恩抱怨承天從她來到漢城都不理她，李敏則不滿兒子從慶州拍戲回來後就變得怪里怪氣，以恩加油添醋地認定，他是為了昨天烤肉店裡的那個尹香之……

承天一聽到「尹香之」三字，立刻從床上跳了起來，靠近門旁想聽個仔細。只見李敏對著智中說，「昨兒個在餐廳看見那女孩喝得大醉，醉相真是難看，整桌都是男生，也不怕被佔便宜。」以恩酸溜溜地說，說不定這正是她希望的呢……

承天聽到這，開始在房裡翻找東西。

客廳裡的李敏和以恩仍然繼續大肆批評，惹得正在看著報紙的智中終於忍不住開口說：「妳們何必把一個不認識的女孩說成這樣？」

聽智中這麼一說，李敏話中帶刺的說：「住在韓國的女人就是不懂分寸！」

智中聽出她話中有話，不想回應，繼續低頭看報紙。

「爸，你知道這地方怎麼走嗎？」承天走出房門，拿著好不容易找出來的香之地址給智中看。

智中一看這地址很熟悉，原想說什麼，最後還是打住，只

說：「這地方不好找，我載你去，你先去換衣服，我暖車。」畢竟父子心靈相通，承天一看到爸爸的眼神，立刻飛快衝回房間，不一會就換洗完畢，根本不管以恩也想跟，兩人開著車快速出發。

　　承天下車到便利店買東西，智中則順手拿起身旁的通訊錄，「尹香之？」──

　　智中記憶裡的香之才八歲，中文說得好好。

　　「是阿姨教的。」小香之臉上露出自信的微笑。

　　記得那天巧英有事，智中帶著承天和香之到兒童樂園，承天的鼻子聞到香之身上的香味，直對智中說：「爸爸，姊姊好香喔！」

　　沒想到一轉眼兩人都這麼大了……

　　陷入回憶的智中被回到車上的承天給搖醒。

　　「承天，尹香之就是你喜歡的女孩？」

　　承天點點頭。

　　「你見過她們家人嗎？」智中繼續試探，這回承天搖搖頭說：「連見她都不容易了，何況……」

　　「你知道嗎？你小時候……」本想將這段故事說給狗狗聽，話到嘴邊又收了回來。

　　「我小時候怎麼了？」

　　「沒事……啊！前面是單行道。」車子轉入巷子，卻發現是單行道，智中只得將車開進下一個巷口再轉彎。

　　「我最討厭單行道了，明明目的地就在眼前，卻得再繞遠路

……唉！就像我追香之，永遠都是單行道。」承天有感而發。

智中看到兒子垂頭喪氣的，只得鼓勵他說：「一個人埋頭猛走單行道是沒用的，應該想辦法將單行道變成雙向道，有來有往，才能暢行無阻。」

「只可惜她永遠在我面前掛著『禁止通行』的牌子！」

「那更要找出原因、拆除路障啊！」智中繼續鼓勵狗狗。

「爸！都怪你啦，如果早幾年把我生出來，她就不會老說我是小鬼了。」

找到香之家，來到門口的承天卻不敢按門鈴，站在遠處的智中比個加油的手勢，承天才鼓起勇氣撤下門鈴。

不久便有人出來應門，不過卻說著：「香之，妳去哪啦？害我整晚睡不著等妳……」

淑英以為是香之，一開門，見到門外站著的是個陌生男孩，忽然愣住。

承天知道香之整晚沒回家，坐在客廳等候，等了好一會，直到淑英要上班了，臨走前，承天才將便利商店買的綠茶和口香糖交給淑英後告辭。

當淑英聽說承天是由父親載來的，堅持出去打聲招呼，一開門見到智中，兩人都愣住了，淑英勉強打破僵局客氣問道：「您就是金先生？」

稍稍寒暄過，智中與承天正準備離開，一輛計程車在對街停了下來，成俊開了門，小心的護著因宿醉而頭痛欲裂的香之下車。

　　看見成俊送香之回來，承天已經猜到是怎麼回事，拉著爸爸就要走，智中雖覺得疑惑，還是跟著上車。看見承天一個人默默坐在座位上掉淚，他心疼的摸摸兒子的頭，承天卻賭氣的避開。

　　回到家的承天把自己關在房裡，戴上拳擊手套不停對著沙包揮拳。

　　「承天哥哥，我知道你喜歡那個女生，可是人家已經有男朋友了……可是你看我，這幾年來，我的心意一直都沒有變。」以恩在門外敲門大喊，她決定繼續對承天表明自己的心意，說著說著就紅了眼眶。

　　承天終於將門打開，摸摸以恩的頭說：「我們還是跟小時候一樣，我是哥哥，妳是妹妹，好嗎？不要再對我浪費時間了，知道嗎？」

　　「你說我浪費時間，那你呢？你不也是！」承天一聽以恩的話，立刻「砰」一聲又關起對外聯絡的大門。

　　昏睡了一天，傍晚時分香之終於醒了，但還是頭痛欲裂。

　　打開冰箱發現有綠茶，還以為是媽媽買的，結果淑英說：「是金承天送來的，桌上還有口香糖，這孩子真奇怪，準備這兩樣東西給妳。」

　　香之愣著，她知道承天為何會準備綠茶跟口香糖，記得找景那晚她曾說過：「下回買酒，別忘了還要綠茶和口香糖才叫做全套。綠茶能解酒，口香糖能去酒味。」這些話，承天全記在心

裡。

第二天，受到承天刺激的以恩決定回台灣，所有行李都打包好放在客廳，承天卻還窩在房裡，這讓李敏很不高興。

宋新這個死黨果然有默契，他是來找承天溜冰的，悶在家中的承天一口答應，他正好省掉送以恩到機場的麻煩，就在以恩臨走前，承天還是對著以恩重申，要她死心。

來到溜冰場，當然還有慶友。看著宋新和慶友兩人幸福甜蜜的往中央溜去，一旁靜靜坐在椅子上的承天不由得喃喃說：「既然兩人世界挺好，幹嘛找我出來？」

正當自己準備彎腰拿鞋時，面前不知何時站著溜冰場裡的卡通人偶，將鞋子拿給他，然後伸出手邀承天一塊跳舞，這才讓承天露出笑容。

繞了幾圈，承天發現美貞和香之居然也都在，頓時讓他不知該往何處閃躲。

幾人在場中玩得興起，「承天去哪了？」宋新納悶的四處張望，卻不見承天蹤影。宋新乾脆揶揄香之：「大概聞到香之學姊的香味躲起來了吧！」

沒多久，那個卡通人偶再度來到溜冰場，看到香之就猛獻殷勤，惹得慶友開玩笑說：「這人偶鐵定愛上香之了。」沒多久，人偶將香之拉到中央，帶著香之做了好多花式溜冰動作，香之綻放出開心的面容，全場只有細心的宋新發現人偶腳上的溜冰鞋好眼熟……

被人偶帶著溜冰，瞬間，香之眼前又出現許多幻影……

　　人偶拉著香之往人少的地方去，他握住香之的臂膀，好像有話要說，香之忽然感受到說不出的熟悉，兩人靜默一陣子，人偶突然在香之的臉頰上親吻了一下，隨即離去。

　　「金承天！」香之忽然叫出承天的名字，人偶停下腳步，但似乎又怕穿幫，更是快速離去。

　　「多希望自己是保護公主的王子，為什麼只有偽裝成沒有名字的野獸，才能進入公主的世界……」背著鞋子和包包的承天，孤單的消失在長廊中。

　　香之來到智中的教室，一進門，正在捏陶的智中停下動作，香之依稀仍保持著童年時的模樣，「尹香之？」

　　香之拿出代表電影社致贈的禮物，還有一份邀請卡，表達謝意。然而當香之一聽到智中提及承天，又是一陣不自在，匆忙留下禮物離開。

　　智中帶著尹香之送他的禮物回家，一進門卻聽到李敏叨唸著：「這些天我可是受夠了你兒子的脾氣，我跟你兒子說，要他趕快回台灣準備申請唸大學的事，他竟然說我設計他！你跟你兒子最好，你去跟他說清楚！」李敏看著智中無所謂的神情，更是火大的說：「還不都是為他好。都二十歲了，在漢城無所事事，連個做人的道理也不懂，以恩來作客，竟然有本事把人家氣跑……你這做爸的……」

　　李敏向來罵人不打結，總能弄得旁人坐立難安，智中藉口來

到承天房間才脫身，可是，敲門不見應答，智中搬出法寶：「要不要吃『尹香之』送的甜點啊？」

這招果然見效，承天立刻將房門打開。

兩人來到蠶室運動場，趁著做暖身操時，智中將李敏交代的事說完。

「我不要回台灣！」承天大聲抗議著，「媽媽自以為是我的遙控器，要我往東就往東，我又不是電動玩具！……對了，香之為何送你禮物啊？」

智中將幫忙華語展的事說了一遍，還說香之希望他去接待華語導演。

對此，承天猶豫了起來：「從那天起，我是真的沒有辦法和她面對面了，越是喜歡她，我就越沒勇氣面對她。」

智中要承天用心看著運動場。

「奧運會時，這運動場上有十萬個觀眾，每個選手都要在這十萬人面前完成比賽。金牌只有一個，你看過哪個選手半途而廢，還沒比賽就棄權的？值得去做的事就要奮戰到底，就算注定是輸家，盡力過才能了無遺憾，懂嗎？」

「爸，你也是一個奮戰到底的人嗎？」父親的安慰讓承天稍稍釋懷，也燃起一陣希望，承天的話卻刺激智中，他也一直沒有奮戰到底的勇氣呢！

智中的鼓勵果然對承天產生效果，承天第二天立刻出現在電影社辦，開完會趁著社辦裡只剩香之時鼓起勇氣對她說：「我……下個月就要回台灣了，回去前，我想和妳一起到樂天世界玩自由

落體。」

香之沒有回答，承天繼續說：「華語片展是星期二結束。星期三時我會在樂天世界等妳，直到妳來。」

為了這次電影展能更突顯「華風」，記憶裡巧英阿姨有件很有風味的旗袍，香之不停翻箱倒櫃想將它找出來。最後在一口充滿灰塵的箱子裡找著了，一拿起衣服，一本相簿也跟著掉落出來。

小時候的回憶隨著相簿被掀開，忽然掉出一張照片，香之撿起來一看，照片裡是阿姨、智中、自己和一個小男孩。

「原來是叔叔和狗狗，我怎從來沒想到……」香之無力的跌坐地上，搜尋著童年的回憶……

華語展上，參與座談的導演發言讓所有的人都頗有收穫，散場時導演與成俊聊著電影的事，承天則走過去和香之說：「不要忘記明天的約定，我會等妳——直到妳來。」成俊聽得一清二楚，卻不動聲色。

等承天離開，成俊對香之說：「妳這身衣服真是性感。這陣子為了剪片，都沒時間陪妳，明天我放假，我們可以一整天在一起，現在先回我家吧。」

晚上香之隨意編個謊，說要住在美貞家不回去了，淑英想起今天金承天打了好幾次電話來，似乎很急，提醒香之記得回電，

正當香之要拿筆記下號碼時，成俊靠了過來，香之只好匆匆掛掉電話，眼前只留下一張沒有電話號碼的白紙。

樂天世界裡，充滿小孩子的歡樂聲，尤其是自由落體區，更是尖叫聲不斷，承天每玩一次，就會向四處望呀望，期待香之的出現。失望之餘，承天發現旁邊的玩具推車上，販賣著和他在溜冰場時穿的卡通人偶裝相同的絨毛玩具，於是他決定每坐一次自由落體後，就買一個玩偶。

天色逐漸轉暗，烏雲密佈，不久開始飄起雨來。整個自由落體區只剩下承天一人，十點鐘一到，管理員宣佈遊樂場即將關閉，承天難過之餘，將今天買的玩具全都倒了出來……

被成俊拉著逛街的香之，其實一整天都惦記著和承天的約定，腦海裡老是浮現承天昨天說話的神情。

晚餐時，忽然下起雨來。成俊看著窗外的雨，在一旁輕鬆說著十八歲在雨中等一個女孩的事。香之突然問成俊：「後來呢？那女孩來了嗎？」

成俊說：「沒有，但是那時的我就是相信她會來，一定會來，結果在雨中等了她一晚，很傻吧？」

香之沒有說話，只是想著承天是否也還在遊樂場等她，等到深夜？一想到這裡，香之不安的拿起桌上的皮包，衝出餐廳。

承天傷心的將所有絨毛玩具全綁在樹上，其中還綁著一張紙，紙上畫著和慶州石壁上相同的桔梗，並且寫著「香之，我們一定會再見的」然後輕輕說了聲：「香之，再見。」默默走出遊

樂園。

　　遊樂園打烊的音樂持續播放著，趕到遊樂園的香之卻被管理員拒在門外，她懇求說一定要進去，最後不顧阻止，硬是衝入遊樂園。

　　來到自由落體區，偌大的場地裡空無一人，全身被雨淋溼的香之望著樹上掛滿的絨毛玩具，愣在原地無法言語，雨水和淚水同時佈滿香之的臉。

　　悵然離開遊樂園的承天，開著車疾駛在細雨紛飛的路上，隨著風景的倒退，一幕幕曾和香之相處的點點滴滴也在承天腦海中播放，淚水不聽使喚的從眼角默默流出，這段日子的一切，都將成為他的回憶……

第四話 分離與重逢

這六年，我為了捕捉記憶裡的妳的香味而活著，

一定有什麼原因，讓我這麼不可自拔的愛上妳。

現在離妳這麼近，可是明天呢？一切都會粉碎，

我還是只能靠著記憶裡的味道活下去……

佐倉的提籃裡全是尚未開花的淡紫色桔梗，他疑惑的問：「爲何不等花開再摘？」浩妍停下她婀娜多姿的身影，回頭說：「桔梗是藥材，哥哥要我把花和葉都早早摘下，好讓養分存留根部。所以提籃裡的桔梗將會未開就謝了……」

浩妍指著前方說，快到家了。佐倉不捨的說：「如果妳能不回去，那麼所有的桔梗都會因爲我的愛而變成紅色。」

「如果你能變出紅色的桔梗，我就留下來陪你。」

此時浩妍與佐倉同時閉上眼睛，佐倉用力將提籃撒向天空，瞬時花舞飛滿天，待他倆睜開雙眼，滿空已佈滿紅色桔梗……

2000年・台北

練團室裡的牆壁貼滿各樂團的海報，其中一張「千禧之夜」的樂團海報顯得特別搶眼，那是承天所屬的樂團。

練團室裡的地上和茶几上散置著吃過的速食泡麵、罐頭和飲料啤酒空罐。旁邊的一個小房間則擺滿了承天調製香氛的大小瓶子。宋新噴完香水走出房間，踢踢躺在沙發上的承天：「狗狗，快遲到了！」

承天嗅到宋新身上的味道，猛打噴嚏說：「拜託！又是麝香。你也噴太多了。」

「嘿嘿，這可是你說的，麝香可是充滿雄性激素，能讓女生

興奮的香味，男性的費洛蒙，我先噴好等明天慶友來。」

時間過了六年，承天和宋新的情誼卻一如往昔。

調香教室裡香氛四溢，承天正在為學員們上著調香基礎法則課程。

「調香是沒法子教的，這與個人的生活美感經驗有很大相關……」承天一上課便要學員們好好想想自己對香味的記憶，用直覺說出最難忘的味道。此時有個學員說起他的祖母是虔誠佛教徒，每天總會在家上香，往生後，他總能聞到祖母生前撚香的香味。

「很好，這可能是你太思念她了。香味是一種靈魂與靈魂之間的對話，深藏在人的記憶裡的……」承天頓了一下，似乎在對自己說，「我就是因為這樣走入芳香世界的……」

2000年‧韓國某外景地

香之止在拍攝一段關於巫師的訪問。透過鏡頭，香之指導著工作人員和攝影師如何取鏡頭。當巫師說完最後一句：「無論如何，你都活在這張網中，福禍交織，一切自己承擔，因為你逃脫不了天理。」為期一個月的拍攝終於告一段落。

「真是太謝謝大家了！」香之走過去跟巫師道謝，然而巫師卻直盯著香之，嘴裡喃喃說著：「妳是網中的獵物，在妳出生前，已經承諾和某個人相愛，妳將認出對方……」香之對巫師突如其來的話並不明瞭其中含義，直到巫師起身離去，香之腦海中突然浮現佐倉、善直、承天、成俊的影像……

香之拚命的搖著頭,看著巫師即將離去,立刻像著了魔似的希望巫師能說得更明白些,但巫師搖搖頭只是留下一句:「我已經說得夠清楚了,不久妳就會明白。」

2000年‧漢城

一名女子在浴室裡淋浴,宿醉剛醒的成俊發覺自己全身裸露著,連忙找件衣服穿上,正好那女子裹著浴巾走到床邊,是美貞。

「唉,香之還是這樣,保養品只有一種。」見到成俊動作慌亂,美貞笑著說,「昨晚你喝醉了,我送你回來,你一直說香之不在你很寂寞的。」美貞拿著香之的保養品往手上倒,還不時抬頭盯著成俊。

「那是醉話!」成俊搶著說。

「可是,我不想拒絕你啊。」

這時成俊的手機響了,上頭顯示來電的是「香之」,成俊並不打算接。

「不接?」

「不接!難道妳要我接起來對香之說,妳要不要跟美貞說話,她在這裡?」成俊表情惱火。待鈴聲停止,繼續說,「妳是香之的好朋友,我這樣算什麼?」

此時電話又響,是家裡的電話,成俊還是不接。

美貞的眼神突然失魂,嘆著氣說:「哼,我對每段感情都全心付出,結果哪一個不是用出軌回報我?」

「所以妳就用放縱自己來報復？」成俊解讀美貞的心態。

「學長，你也不必用這種假道學的語氣跟我說話，世界上哪個男人不是這樣？我早聽說你也是禁不起誘惑的，果然，哈，男人都一樣！」

2000年・台北

承天和宋新走進 MEMORIES PUB，一進門，迎接他們的是充滿懷舊風的老歌，原來白天 PUB 不營業，老闆正放著自己那個年代的歌曲。

「這是申姊，我的老闆。」承天的朋友小田介紹巧英給兩人認識。

「好香哦。」承天聞到店裡有桔梗花香，鼻子瞬時敏感了起來。

閒聊之間，巧英知道承天白天的工作是調香師，宋新則在父親的公司上班；目前在 MOON 演唱，純粹是興趣。

「他們兩人從小一起長大，就連承天搬去韓國，宋新也趕忙申請當交換學生，好能繼續混在一起。」小田也幫忙介紹。

「你住過漢城？我的老家也在漢城。」巧英語氣驚喜的看著承天，宋新因擔心承天想起往事會傷心，趕緊換話題。

這時音樂停了，巧英說要放點特別的，音樂聲一響起，竟然是〈遺憾五百年〉，韓國的點點滴滴又回到承天面前。

巧英誠懇地對兩人說：「我聽過你們的演唱，我很喜歡，這裡雖不大，但是希望你們能來我這裡固定唱幾個時段。」

　　承天聽著〈遺憾五百年〉，看著巧英，一種熟悉感油然而生，於是一口答應她的邀約。

　　「我們兩個在 MOON 唱得好好的，我看你八成是瘋了，一聽到漢城連魂都飛了。」離開 PUB，宋新抱怨著承天今天超乎尋常的表現。

　　「不，我只是覺得申姊好親切，身上散發出一種熟悉的費洛蒙。」

　　「哈，這位大調香師，你可是狗狗耶，只有貓科才會靠費洛蒙蒐集情報，好嗎？」

2000年‧漢城

　　香之提前拍完了外景，試圖打電話告訴成俊一聲，沒想到撥了一上午總撥不通，直到下午成俊才接電話。

　　成俊對於早上漏接的電話含糊帶過，倒是強調正在陪香之的媽媽到賣場買家用品，好掩飾自己的不安。

　　香之還沒回到漢城，公司已急 call 香之前去開會，公司出一個緊急案子，這案子一定要懂中文的人接手，放眼望去就屬香之最合適，社長要香之三天後立即出差兩星期。

　　「我得去台北出差兩個星期。」香之一面低著頭吃飯，一面和慶友、美貞說。

　　「真的？我明天也要去台灣找宋新，那我們可以在那邊碰面呢！」慶友一聽顯得很高興。

「想不到那個看起來傻呼呼的宋新，竟然會成為企業少主。」香之還是一副學姊對學弟的口氣。

「那……金承天呢？」美貞似乎還想多探詢一點關於承天的消息。

「承天現在已經是個調香師了。」慶友故意對著香之說，「他啊，一直不交女朋友呢。」

美貞帶著猜測和羨慕的口吻說：「還在等香之吧……看來這回妳們都可能會遇到金承天囉！」

「別說這些，倒是妳，何時要定下來啊？」香之對美貞這些年來的感情起起落落很是擔心，然而美貞一看到香之便想起前晚的事，連忙將眼光避開，只淡淡的說：「定下來，然後等著男人跟妳說，對不起，我又愛上別人嗎？」

香之說：「妳啊，就是太過極端，以前太專情，現在對感情的看法又太消極。感情這事啊，不要太追究，才能長久維持下去。」

香之回到家，發現自己的乳液被換過位置，洗臉槽旁有幾根女生的長髮，站在浴室的香之猶豫了一會，還是不作聲的將頭髮沖掉，正準備問成俊時，成俊卻突然告訴香之：「我今天問過妳媽，她同意結婚的事。」

「那很好啊！恭喜你，何時跟我媽結婚啊？」

成俊一把抓住香之，深情款款的說：「不要逃避這個問題！」

香之站起來，語重心長的將視線放在遠方說：「我沒有逃

避，只是我需要培養勇氣。」

　　智中拿著洗好的衣服來到練團室給承天，這裡幾乎快成爲承天的家了，只要一調起香來，承天就會好幾天不回去，身爲老爸的只好當起御用快遞了。

　　承天泡茶時，智中拿起編號「香之 No.171」試香紙聞了聞，也對著滿桌的瓶瓶罐罐感到好奇。見到父親拿著剛調出來的味道，承天遞茶給父親時說：「我總覺得調出來的香味裡好像缺少了什麼。」

　　「是缺少眞實的人生感受吧？狗狗，大腦對香味的感受，一定要經過一段眞實的感情，才能抓住這種介於存在與不存在之間的香味。你現在所調的味道，是你印象中的味道，可是一旦放在現實情況中，就會顯得缺少了什麼。」

　　一聽老爸這麼說，承天覺得挺有道理的，但也更爲沮喪：「我無法找到對象來幫助我跨越這道障礙啊！」他垂頭喪氣的表情全寫在臉上，「還不都要怪你，把我的個性生得這麼固執又執著，跟你一樣。」

　　智中滿口分析道理給狗狗聽，可是面對自己的感情，不也少了一份勇氣？

　　夜晚的 MEMORIES 裡，宋新與承天正在台上賣力演唱著三○年代的老歌。今天台下多了個宋新的支持者慶友──慶友已經從韓國來到台北，每當他倆唱完一首，慶友一定熱烈鼓掌叫好。

　　此時巧英陪著好友高夢影坐在台下，一身雅痞穿著的高夢影

年紀看起來雖輕，卻是廣播界內人人知曉的名製作人、經紀人。聽著歌，表情卻不太開心，巧英一問，果然立刻一堆牢騷：「真不是我要批評的，人一紅，說跳槽就跳槽，連通知一聲也省了。現在找名人主持，收視率一樣走下坡，至於新人呢，是好用，但是無法立刻上手。」

巧英順勢要夢影看一下正在台上表演的承天和宋新。

「這兩個年輕人，是我剛從 MOON 那裡挖來的，除了演唱，他倆還會在台上一搭一唱的，很有意思呢。」

這時正好到了這對哥兒倆的鬥嘴時間，承天先是學起上海腔講笑話，接著又是國語，宋新則來段口技表演，由於默契足，場子很快就炒熱了，台下觀眾笑到飆淚，掌聲不斷。

看到觀眾樂不可支的熱絡神情，高夢影對他們的表演感到很有意思，立刻要巧英居中介紹，好好認識這兩個看起來充滿熱情的年輕人。

「你真的要把賭注放在我們身上？」宋新不太放心的又問了高夢影一次。

高夢影接著說明他的計畫，他希望先由兩組人輪替主持，一段時間後看觀眾反應，最後選出一組簽約。宋新皺著眉，對於主持廣播信心缺缺，何況是live播出？

但是這回承天的決定和答應來申姊這裡唱歌一樣迅速，一聽完高夢影的說明，又是一個「好」字，這下可又把宋新給嚇著了，這承天究竟是怎麼了？

假日午后，三人悠閒的走在台北街頭，陪著剛到的慶友隨處瞎逛，突然間慶友停下腳步，原來發現櫥窗裡有件充滿藝術氣息的陶器作品。

「這作品看起來好特別啊……Dream Keeper工作室，作品名稱『希望』……」慶友唸著作品旁邊的紙片，突然一個聲音叫住她，慶友回頭一看，竟然是建之！

幾年不見，回台灣唸書的建之已升上大二，人長高了，整個人看起來清秀卻也成熟很多。慶友一問才知香之有事耽擱，過兩天才會到，慶友立刻將所有聯絡方式全抄下來給他，好讓香之一到台灣就能聯繫到她。然而就在建之離去前，承天突然決定從口袋裡拿出一張名片說：「記得將名片交給你姊姊，請她打電話給我。」

「香之要來台灣，為什麼不告訴我？」承天不能諒解慶友隱瞞消息。

「我答應香之，不在你面前提到她。」慶友解釋。

「她怕我嗎？為什麼怕？」知道香之避著他，承天整個人失魂落魄。

「還不是因為成俊和香之快結婚了！」宋新話一說出口，立刻被慶友用手推了推，阻止他再說下去。

「香之……要結婚？宋新，你知道竟然不告訴我！」承天生氣的吼了起來。

　　一方面埋怨宋新不夠意思，一方面，這晴天霹靂的消息讓承天明白，香之一結婚，自己將是徹底的失戀，永遠的失戀了⋯⋯

　　拋下他倆獨自離開的承天，一個人毫無目的的走在大馬路上，與他擦肩而過的行人、車水馬龍的嘈雜聲，已與他無關。在他耳畔響起的，是記憶中的〈遺憾五百年〉歌聲，淒美的曲調迴盪在腦中，為什麼有情人不能成眷屬，飽受離別之苦⋯⋯

　　突然間，他想起在某個時空中，身為軍官的自己也同樣承受著離別的苦。

　　他與浩妍投宿旅店，默默不語等待離別的逼近。只要一想到浩妍即將因為哥哥的作主下嫁給善直，相愛的兩人無法終生相守，他與浩妍的眼淚忍不住就這麼掉了下來⋯⋯

　　那種被命運捉弄的心情，讓承天的心突然痛了起來。抬頭看著下起雨的天空，承天終於忍不住哭了起來⋯⋯

　　香之搭飛機抵達台灣時已是晚上，台灣製片公司派人前來接機，一上車便聽到〈遺憾五百年〉這首歌，香之腦中閃過拍戲時的種種往事。這時窗外下起了雨，整個玻璃全是雨水，又讓香之想起遊樂場裡的那場雨。

　　音樂結束，香之赫然發現，收音機裡出現的竟是宋新和承天的聲音。

　　「⋯⋯〈遺憾五百年〉是首韓國民謠，歌詞的內容是說一對戀人被迫分開，男生告訴女生說，他將會用五百年的時間來證明自己對她的愛。」承天一說完，宋新緊接著說：「今天是我們第

一天主持，本應讓節目充滿歡樂氣氛，只可惜今天下午，我們另一個主持人金承天知道他唯一且心愛的女子即將跟別人結婚……」

坐在車上的香之默默聽著廣播，沒有說話。

「我用你這苦情王子的話題開場，果然成功塑造你的形象。你看，吸引了多少小女生的愛慕。」宋新要聽眾傳真或call in，好一同分享痛苦的失戀經驗，沒想到短短時間裡竟然用掉兩捲傳真紙。清一色的內容都是女生傳真鼓勵承天不要沮喪難過，還有人留下資料想與承天交往。

承天坐在一旁不說話。其實他壓根不想讓自己的事搬上檯面。正當大夥聊得開心時，電鈴突然響了，慶友前去開門。

「宋新呢？」宋父的大嗓門讓大家鴉雀無聲。

「爸……」宋新跳了起來，連忙走出來。

「你又去弄什麼廣播了？」宋父口氣嚴厲，一旁的承天無視於宋父的口氣，興奮的說：「宋伯伯，你也聽到啦？」宋新也接著說：「對啊，廣播好好玩喔！」

「音樂好玩、廣播好玩，你的人生就決定埋葬在這些地方嗎？」看來宋父是有意好好教訓一下自己的兒子，慶友知道，宋新可不希望在朋友面前丟臉。

「外頭下雨，別讓宋伯伯淋到雨，你們進房間談吧。」

慶友貼心的說著，反倒引來宋父對她的質問。

「我？……我是崔慶友。」

「原來妳就是崔小姐啊！」宋父往慶友身上瞄一下，問道，「妳什麼時候來台灣的？難怪宋新最近的荒唐行徑更變本加厲。」

慶友難過的低著頭。

「宋伯伯，宋新都是跟我在一起，不是慶友啦。」承天一看情形不對，趕緊解釋。

「承天，我跟你父母認識二十幾年，我知道你是個有教養的孩子，這崔小姐……」宋父打量了一下慶友，繼續說，「宋新認識妳時，還是個不懂事的學生，可是他現在身分跟以前不同了。」

「爸……」宋新試圖阻止，宋父卻持續開炮：「看起來就是個平凡女孩子……」

慶友內心委屈不已，拿起皮包低頭對宋父說：「對不起，我先回去了……」便走出大門。

「妳路不熟，等我，我送妳。」宋新也急了。

慶友紅著眼眶衝出門，在場的人全愣了一下，承天和其他團員趕緊追了出去，只留下宋新和宋父在屋內。

「爸……你實在太……太過分了！」宋新說完也氣急敗壞的衝出去找人。

外頭雨越下越大，一晃眼已失去慶友蹤影。

大雨遮掩住視線，宋新一個人從大馬路找到小巷，四處尋找慶友身影，直到來到河邊，遠遠看到一個很像慶友的人蹲在河堤上。

「慶友！」

看著蹲在雨中的慶友全身被雨水淋溼，雙眼紅腫，宋新的內心一陣心疼。

「你這傻瓜，怎不帶傘？全身都濕透了！」慶友用手撥了撥

宋新臉上的雨水。

「傻瓜！何必為了我爸的那些話難過、折磨自己？」宋新難過的說。

「我不想成為你的負擔……害得你跟家人關係緊張。」

慶友的體貼讓宋新心疼，兩人在大雨中緊緊抱住對方。

「宋新，我只能相信你，我來台灣就是為了你！沒有你，我像掉落水中的落葉，不知會漂向何方。」

「這就是我要妳來台灣的理由。我們是共生的樹，我們會一起往有陽光的地方伸展，記住，誰都不能，也不會獨自生存！」

慶友點點頭，對著宋新說：「嗯，你說的對，誰也不能獨自生存，他們一定會接受我們的……」

雨還是繼續下著，但是兩人的心卻緊緊相繫，不被大雨沖散。

第二天傍晚，李敏家族一如以往的出現在這家高級西餐廳裡。承天的外公李平直對著餐廳經理說：「這是1961年的勃艮地產的紅酒，你一定得嚐嚐。」大夥討論著三十年的好酒，氣氛相當熱絡。

此時承天突然接到慶友電話，昨晚那場大雨，讓宋新發高燒失聲，無法上台，看來今晚得承天披掛獨唱。

一旁的李敏聽到承天的回應，約略知道怎麼回事。承天猛看錶，最後還是決定硬著頭皮說要提前離席。李敏不高興的責備：「你三個月才跟外公吃頓飯，現在還要提早走？」

「那不如請外公到餐廳聽我唱歌吧！」承天異想天開的提

議，試圖熱絡氣氛，但是立刻被李敏白了一眼給否決。

「總不能沒人上台吧！等吃完飯，我帶狗狗去。」智中試圖緩和氣氛。

智中飛車來到 MEMORIES 門口，臨進門時，承天突然回頭說：「爸，進來聽我唱歌。」

遲到的承天一衝上台，鼻子立刻嗅到熟悉的香味，但是放眼舞台，並沒有熟悉的人影。另一頭特地來阿姨的 PUB 捧場的香之倒是被台上的承天嚇了一跳。

「又是〈遺憾五百年〉？」承天一拿到客人點唱的歌曲，真不知該哭還該笑。

一撥弦，承天對著台下的觀眾說：「這首古老的韓國民謠，總讓我想起一個我曾深愛過的女子。今天在這裡，似乎也瀰漫著她的香味……」

聽到承天的話，香之越躲越遠，最後躲到吧台小角落，靜靜地欣賞承天的演唱。

漸漸的，香之注視著承天，眼前開始一片暈眩，承天的臉變成佐倉，自己似乎也來到那個長滿桔梗的青草地……

香之不願再沉溺於那個虛幻的想像中，於是一口喝光杯中的酒，來到巧英的身邊說：「阿姨，我不舒服，先回去了。」

香之離開時和停好車進門的智中擦身而過，兩人並未認出對方。舞台上的承天看到父親走進來，立刻決定演唱約翰藍儂的〈Jealous Guy〉獻給父親。

「這首歌的年紀比我還大，卻是我第一首學會的英文歌，也

是我父親最愛的一首歌……」巧英聽到承天的介紹，心神開始有些不寧，遠遠發現有客人進來，便走上前招呼：「先生，一位嗎？」巧英的聲音讓智中驚訝的從椅子上站起來，巧英也同樣凝視著智中，就這樣，彷彿時間凝結……

回到家的智中看著電視上探討催眠的節目。一旁的承天突然間醒了過來，瞄了一眼電視。

「爸，你有沒有過這種經驗：在腦中有一個故事，卻像一集集連續劇，偏偏每次拿到的集數都不一樣、順序也不同，自己很難組合起來？」

智中聽完，靈機一動的推推狗狗的肩膀，要他不妨去接受催眠。

「爸，你是不是煞到我們申姊了？」

承天的觀察讓智中像是被戳破了什麼。

「我覺得申姊好像也被你煞到，要不，你們兩人怎會像個木頭人不動，互相凝望對方好幾分鐘？」

「她是多年不見的老友，二十幾年了……」

「聽起來很曖昧喔。」承天看著老爸陷入沉思，打了個呵欠進房間睡覺，智中卻反覆想著重逢的情景，失眠了！

巧英也無法成眠，她想起和智中眼神交會的那一瞬間，努力壓抑心口的悸動，用手撐著桌面好維持身體的平衡，然而還是露出著慌恐的表情……

「智……金先生，好久不見……你看起來……都沒變。」

戀香
Scent of Love　109

「妳看起來變了好多。」

順著智中的話，巧英恢復平緩的口氣笑笑說：「對啊！現在客人都叫我『申姊』。你想喝什麼？我請客。」

「跟以前一樣，MEMORIES。」

「MEMORIES」一直是巧英店裡的招牌飲料，也是她和智中的最愛。帶點酸，卻又帶點入喉後的甜美回味，就像她和智中相處的那些日子，雖然酸楚，卻也甜的難忘；將近二十年過去，只要一回想，還是有著悸動。

躺在練團室不敢回家的宋新持續發燒，被慶友急忙叫過來的承天看到宋新嘴巴腫得這麼大，立刻用一副既吃驚又想發笑的聲音說：「天啊！帥哥也有今天？我看你哼，牙科和耳鼻喉科一起掛吧！」

正準備撥電話掛診時，電話先響了。

「喂？」話筒那頭傳來承天的聲音，讓香之不知道該不該說話。

「你，是宋新？……」

「香之嗎？」雖然好久沒有聯絡，但承天還是一下子就認出香之的聲音。

「嗯嗯，」香之不知道該說什麼，只好接著說，「我找慶友……」

「慶友？」承天僵硬地把電話遞給慶友。

承天開車載著宋新到牙科診所。當宋新邊咳嗽邊坐下來，戴著口罩的女牙醫突然大叫：「宋新？啊！你是宋新！」

宋新摀住臉，這時女牙醫拿下口罩說：「我是王以恩！超久沒看到你了！」

看完牙齒，以恩熱情的拿出手機對宋新說：「給我你的電話，我要檢查我的病人有沒有按時吃藥。」

宋新不知如何拒絕，只得將自己的手機號碼輸入以恩的手機，以恩同時把宋新的手機搶過來，將自己的號碼也輸入。

下午和台灣製片討論拍攝方向時，香之發現承天竟然出現在一捲影片中。

原來承天送宋新去看牙時，製片公司正在附近取景，承天調皮的對著鏡頭說了一句：「空氣裡有我夢中的香味，你聞到了嗎？」

這個鏡頭就這樣被拍攝下來，香之除了吃驚，腦海裡一直咀嚼承天剛剛對著鏡頭說的那句話。

過了幾秒，香之從承天那句話中找到這次拍攝的靈感，她喃喃的對製片說：「沒錯，每個城市都有它獨特的味道，離鄉的人，最想念的就是故鄉的味道……」

宋新生病未癒，廣播節目只好靠承天一人獨撐大局。播音間裡的承天，情感一發不可收拾的對著麥克風說：「愛情像流沙，一旦真的愛上一個人，不管再怎麼掙扎，都只會越陷越深，這就好像人生不管多美好，少了遺失的那一片，就有著遺憾，於是沉

溺在愛情流沙的人，總願意用一生的時間，找回失落的那一片拼圖……今天，我重新感受到自己想將那片拼圖找回來的衝動。」

承天的這段話，觸動了正開著車的智中心弦，突然間智中覺得自己應該去一個地方，於是將車子來個大迴轉，一路駛到MEMOERIES PUB。

深夜，巧英收拾好東西，關燈準備走出 PUB。看見招牌暗了，等在PUB外頭的智中，心裡開始七上八下，見巧英走出大門，立刻走上前去。

「對不起，打烊了，我們的營業時間是從晚上八點開始。」巧英拉下鐵門，並未抬頭看智中。

「我不是客人。」

「那你是什麼？」

「巧英，我找了妳二十年了。」

「是嗎？什麼時候找我？趁夫人不注意的時候嗎？」

「妳……一定要用這種口氣跟我說話嗎？」智中覺得巧英的話中帶著尖銳的刺。

「金先生，我想，我們已經是不相干的人了。」巧英的語氣和緩了下來。

「可是我不這麼想。」

「金先生，你怎麼想對我已不重要，對不起，現在已經凌晨四點了，我得回家了。」巧英走向路邊準備開車。

智中對著巧英的背影說：「巧英，很高興終於還能再見到妳，從以前到現在，因為妳，讓我看見真正的我，一個隱藏在老

師、老公、老爸身分之外的自己。」

巧英的腳步停了下來，但始終沒有勇氣回頭，默默無語的開車離去。

高夢影約了承天和宋新到電台碰面「檢討」主持的事。聽到「檢討」這兩個字，兩人如坐針氈的坐在會議室內等待「審判」。正當兩人胡亂猜測著，高夢影已經從外頭走進會議室裡。

「瞧，你們倆怎麼一副苦瓜臉啊？」夢影掃過兩人臉上的表情，故意作弄他們，用沉重的口吻說，「好吧！我就不繞彎直說吧！試播一週後，剛和老闆做出了結論……」

整個會議室寂靜無聲，夢影故意再抬頭看看宋新的表情，清清喉嚨才接下去說：「老闆認為你們的節目……應該延長為兩小時，而且變成帶狀。」

才說到這裡，承天和宋新兩人忍不住抱住夢影歡呼了起來。

兩人走出電台大門，竟然有一群廣播迷蜂擁上來等著要簽名。來到餐廳的宋新猛低著頭練習簽名，承天覺得如果不是宋新瘋了，就是這些聽眾腦袋有問題。承天真難理解，難道主持個電台節目後，兩人從此變成了公眾人物？

承天無聊的撕下雜誌泳裝美女頁，決定重溫「百美圖」遊戲，才剛套上玻璃窗時，沒想到「套」上的卻是香之……

承天整個人一動也不動的像中邪般停住，盯著走過去的香之。

「你是見到鬼啊？……香之學姊？」宋新吞了吞口水，然後

說，「既然遇到了，何不過去打聲招呼？」

「我……我等會第一句話……要說什麼？」承天一臉手足無措的樣子。

「我怎麼知道？你不是演過戲，就說『好久不見，好巧啊！』要不然就是『妳還記得我嗎？』」宋新一個人在那裡演起戲來，最後乾脆對承天說，「還是我過去打招呼啦！」

「我自己去！」承天邊說，邊衝出咖啡屋。

香之大口喝著啤酒，並沒有看到宋新，當承天再度回到餐廳，用韓文對香之說：「小姐，酒喝多了，喝點綠茶吧！」香之抬起頭看，她和承天終究還是重逢了。

承天帶香之來到一家台式小酒館。

「就算妳不想見我，我們還是會碰面的。」

香之低頭喝著酒。

「聽說妳不想見我？」承天凝視著香之，慢慢加重最後的一句。

「從碰面到現在，你一直重複這句話。我是怕我打擾你……你可能很忙、可能戀愛、可能結婚……」

「沒有戀愛也沒有結婚！」承天阻止香之再說下去。

香之低著頭不說話，只是拿起酒杯，一口氣喝光它。

「香之，妳……真要跟成俊結婚？」問完這句話的承天等著香之的回答。

「我還在考慮……」

「那好，還好只是考慮，那還有機會！」承天笑了。

「你喔，幾年不見，還是沒長大。告訴我，你這幾年在做什麼？」看到承天天真的笑容，香之不知不覺也跟著笑了。

「唸書啊！化學系畢業後當起調香老師，晚上跟宋新一起在PUB唱歌，最近又多了件事，就是主持電台節目。」

說到這，承天的手機響了，他不情願的接起電話：「宋新，不是說好你一個人就可以搞定嗎？好啦……拜！」

「工作就要盡力，快去吧！我等你。」

「真的？妳不會突然搞個人間蒸發吧？」承天深怕這一走，香之又消失在眼前。

香之伸出手和承天勾了勾手，承天才安心的站了來，蹦蹦跳跳走出酒館大門。

獨自繼續喝著酒的香之，昏沉中聽見酒館裡的台語歌曲被電台節目所取代。

宋新和承天的 live 節目開始了，就在播放〈Please,Please, Please Let Me Get What I am〉之前，收音機裡傳來承天的聲音：「香之，妳聽著喔，這首歌代表我心裡的聲音……」

有些不勝酒力的香之，終於倒在桌上睡著。

承天的這段廣播，同時也被正和一個醫生聚會的以恩聽見。

就在前往第二攤 KTV 唱歌的途中，以恩在車上，正好聽見電台出現承天的聲音……

「是承天哥哥！」以恩興奮的叫了出來，可是眼鏡男卻將電台轉掉，換成鋼琴 CD 音樂。

「王醫師，那節目是給弱智的人聽的。」眼鏡男不明白以恩

怎會喜歡那種節目。

「弱智？如果聰明就得長成你這副德行，哼！我寧可弱智！」說完以恩一開車門便氣呼呼的下車。

播完最後一首歌，承天迫不及待的拿起包包準備走人。一出門口，就聽到以恩站在宇宙電台前大喊：「承天哥哥！」著實嚇了他一跳。

「以恩？妳怎麼在這？」

「人家在等你啊！人家等了你一個多小時呢。」以恩撒嬌的拉著承天的手臂。

「等一個多小時？有人等我兩個多小時呢……我趕時間，先走囉！」

承天一心一意要去見香之，話一說完，立刻甩開以恩的手。然而以恩怎麼可能輕易放過承天，「盧」了承天半晌，直到隨後走出來的宋新，發現承天還在，正好讓承天有了脫身機會。

趕到酒館的承天，遠遠便看到喝醉的香之倒在桌上。

送香之回練團室休息的承天，躡手躡腳的替她蓋上被子，靜靜的望著香之熟睡的臉龐，承天忍不住對香之說起話來：

「香之，妳的香味是我百分之百的快樂和折磨，我相信上帝一定是為了讓我能夠聞到妳的氣味，才生這麼一個特別的鼻子給我。這六年，我為了捕捉記憶裡的妳的香味而活著……

「一定有什麼原因，讓我這麼不可自拔的愛上妳。現在離妳這麼近，可是明天呢？一切都會粉碎，我還是只能靠著記憶裡的味道活下去……」

　　此時的香之從酒醉中醒來，聽著承天的剖白，以及背後傳來
的啜泣聲，香之的眼角也跟著留下無聲的淚水⋯⋯

第五話 百分之九十的香之

「九十分，九十分！」

香之聽傻了，承天才發現自己實在興奮過頭……

「我剛做出來的『香之』，現在已經有九十分了！

我第一個想告訴妳，和妳分享我的快樂。

妳知道嗎？雖然我們距離好遠，

但是聞著『香之』的氣味，我就會覺得妳好像在我身邊……」

旅店的房間裡，佐倉和浩妍倚靠在床頭。

「軍人的生命，在戰爭中像隻螢火蟲，在夜空中殞落。天一亮，曾經照亮夜色的微弱光芒，沒有人記得……」佐倉嘆息著說。

「為了我，你一定要做一隻唯一活過一夜又一夜的螢火蟲，否則我就跟隨著你到另一個世界去。」浩妍用堅定的眼神要佐倉好好記住她的話。

「是我的錯，明明不能承諾永遠照顧妳，卻如此愛著妳。如果來生再相遇，我會先承諾給妳無私的幸福。」佐倉將浩妍緊緊摟住。

「不要再說了，就算再也見不到你，我也絕不後悔。」浩妍在佐倉懷中，留下無聲的淚水。

香之的淚水直到第二天醒來還停留在臉上，悄悄起身的她，替靠在沙發一隅睡著的承天蓋好被子。走到桌子旁，香之發現每張試香紙上都寫著「香之」，讓她心頭震撼不已。香之來到調香桌前，思慮許久後，寫下她心中的話。

天亮了，承天仍在熟睡，宋新則氣急敗壞的從外頭衝進練團室。

「你那王以恩，真把我給害慘了！」宋新劈頭就是這句，然後往沙發上一坐，將睡夢中的承天給吵醒。

　　原來昨晚宋新好心陪哭得唏哩嘩啦的以恩喝酒，以恩卻趁著宋新上廁所的空檔，對著打電話來的慶友胡言亂語，害得宋新回去後怎麼也解釋不清。

　　「這王以恩什麼不會，就是會闖禍。算了，還好慶友相信我。」宋新有些心虛的說著，卻發現承天根本沒在聽他說話，只是拿著一張紙條發怔。

　　「香之，她走了。」承天發現香之離開，很是懊惱。

　　宋新抽過香之寫的紙條，上頭寫著：「承天，關在籠子裡，永遠不會見識到天地的廣闊和美麗，做隻自由飛翔的小鳥吧。」

　　承天將紙條折成飛機，走到陽台將飛機射出，大聲吼著：「香之，妳懂什麼？妳什麼都不懂！」

　　承天迷濛的雙眼，隨著紙飛機的掉落，定在遠方。

　　回到巧英阿姨住處的香之，手裡捧著綠茶望向窗外的藍天發呆，卻突然想起一件事，立刻撥了通電話。

　　「……啊？美貞，對不起我撥錯了，把妳吵醒……」香之發現接電話的是美貞，立刻將電話掛斷。

　　「是誰？」朦朧間，成俊聽到電話聲響。

　　「香之，一聽到我聲音就掛斷。」美貞滿不在乎的說。

　　「為什麼要接我家電話？」

　　「我忘了我是在你家。」

　　美貞一說完，電話又響了，成俊瞪了美貞一眼，若無其事的接起來。

　　聽到香之說著不小心打到美貞那，成俊故意小小聲責備香之

粗心來掩飾自己的心虛。

「這麼多年，第一次感覺到妳需要我。對了，妳媽已經選了幾個日期。」

「看來我媽真的比我想嫁給你。嗯，用的是阿姨的電話，先不說了。」香之一聽到結婚的事，立刻轉為沉默。

掛掉電話的成俊轉身對美貞說：「我們真的不能再這樣下去了。」

「要維繫感情，凡事就不能太追究，這可是香之自己說的。」美貞振振有辭的說，將手環住成俊。

只見成俊一把推開美貞，看來很正經的說：「那是因為她很聰明，知道不同的人生風景能給我不同的創作靈感，所以才不過問。可是我不能利用她的寬容，逾越我和她之間的遊戲規則。」

看著美貞一副不太認同的表情，成俊繼續表態：「好吧！老實跟妳說，我不可能和香之以外的女人保持長久的關係，就連一陣子我也不行！」

當成俊加重「不可能」這三個字時，美貞的臉上出現一陣陰寒，最後轉成冷冷的微笑說：「可是，你總不希望香之知道你勾引她的好朋友吧？」

「那妳想怎樣？」成俊看著美貞，既驚訝又憤怒。

在台北街頭指揮取鏡的香之，不忍角落裡悶悶不樂的慶友，先請道具組準備，就匆匆跑過去對她摸了摸頭，示意要她再等自

戀香
Scent of Love 121

己拍完一個特寫。

「妳只愛宋新嗎？」香之問著眼淚快不聽使喚的慶友，慶友點點頭。

「好，既然妳愛他，那妳就要信任他。」

「可是我現在又氣又怕……我為了他一個人來到台灣，在這裡我沒有工作、沒有家人，加上他爸爸一直反對我們在一起。我也發現他很忙，老是沒有時間照顧我，每天的日子除了等他，還是等他。」慶友終於忍不住掉下淚來。

香之拍拍無助的慶友，慶友抬頭對香之說：「還是妳和成俊最好，一點問題都沒有。」

「妳羨慕我？」香之嘆一口氣，「其實那是因為很多事都不想追究，不然為什麼到現在還無法說服自己跟他結婚？」

「我以為……」

「別再以為了，我來打電話給宋新！沒事的！」

宋新找承天當救兵，害得承天只好先將以恩約來 MEMORIES PUB。

「什麼年代了，一點玩笑也開不起，還要我來這個奇怪的地方？」以恩盯著放老歌的 MEMORIES，一副不感興趣的樣子。

至於宋新呢，一接到香之的電話立刻開著車前來。見著慶友，宋新總算心裡一顆大石頭落地。三人上了車，宋新開始出賣承天：「都是狗狗啦，為了跟學姊見面，硬是把王以恩丟給我，才會……所以我逼他把王以恩找出來，好好跟慶友道歉。」

「金承天也在 PUB？」香之不安的問。

　　車子停在 MEMORIES PUB 門前，宋新回頭對猶豫著要不要下車的香之說：「學姊，這幾年承天的感情一片空白，都是因為妳；麻煩妳跟他說清楚，要他死心吧！我們誰說都沒用，唉！」

　　香之留在PUB外抽根菸想緩和情緒，她的腦海裡全是宋新剛剛說的話──這幾年承天的感情一片空白，都是因為妳⋯⋯

　　收起菸盒轉身要進門，一回頭卻看到承天走了出來，承天只是一直盯著香之看。

　　「不要這樣看我，這樣讓我很不自在。」香之終於開口了，「承天，我們只是很久不見的朋友。」香之往PUB外頭走。

　　「我們不只是朋友！」承天擋在她面前。

　　「你怎麼還是這麼任性，這麼長不大！」香之忍不住抬頭對著承天大聲說。

　　「我不是沒長大！香之，妳知道腔棘魚嗎？那是一種活化石，四億年了，所有古生物該進化的都進化了，牠還是保持原來的樣子。我了解那種堅持保持原來的形貌，那種孤獨的心情，就像我的愛情一樣。」

　　「你比腔棘魚聰明，知道不應該選擇這種方式！」香之低下臉，搖著頭。

　　「可是我沒有辦法⋯⋯」承天面對香之，一字一字的說著。

　　「如果⋯⋯你願意，明天有空嗎？陪我去拿結婚戒指。」香之故作輕鬆，想讓承天死心。

　　「我不會陪妳去的！」

　　「妳知道我為什麼會去唸化學系嗎？因為妳對我說過，我的

鼻子這麼靈，應該去當調香師。」

「我……說過？」香之有些啞然。

「我想妳一定忘了，但是妳說過的每句話，我都當成聖經。」承天對著遠方天空說，「我想複製出妳的香味，我夢中的香味。」

高級餐廳裡的包廂，宋新和慶友已經入座看著雜誌，這聚會是宋新為慶友安排的，希望智中能幫慶友找份跟陶藝相關的工作。

一見金老師一家三口全進來了，慶友趕緊遞上禮物，李敏笑著開口說：「你伯父啊，最喜歡韓國人了！」

承天看著老爸被虧，趕緊打圓場嚷著肚子餓要餐廳快點上菜。

「哦，原來申姊叫做申巧英啊。」承天手裡拿著雜誌隨口唸著，一旁的李敏臉色忽然一沉，不知情的宋新跟著搭腔說：「你看申姊的照片，好有味道。」

「爸，聽說申姊以前是你的學生？」承天將前些日子跟巧英聊天的內容拿來求證，「那天在店裡相認，爸，你說多久沒碰面？二十年了，對不對？」

李敏搶下承天手中那本雜誌，看著那篇關於 MEMORIES PUB的報導，臉色越發難看。晚餐一結束，李敏立刻要求回家。

「為什麼又去找申巧英？」一上了車，李敏立刻將雜誌往智中身上一扔，開始興師問罪。

「我沒有去找她，那天是爲了送承天去唱歌正好碰到的。」

即便智中將見到巧英的原因簡單交代，仍無法讓李敏情緒平復，她的心裡開始有其他盤算。

香之晚上陪著突然從漢城飛來的成俊吃飯，吃完飯一塊來到 PUB 找巧英。

MEMORIES PUB 的台下坐著一群衝著兩人而來的小女生，小小年紀卻吵著要聽〈遺憾五百年〉。

承天閉上眼，腦海中浮現許多昔日的畫面，然而一睜開眼，正巧看見香之和成俊進來，宋新眼睛不禁睜得大大的，讓台下的慶友也跟著回頭望。

「世界眞小，慶友也在，香之，妳在台北眞不寂寞啊。」成俊看了看台上的兩人，又看到正和他們揮著手的慶友。

承天看著坐在一起的兩人，眼角濕了。

表演完畢，收拾好樂器的兩人總得要過去打聲招呼，成俊開心的要宋新別忘了和慶友來參加他們的婚禮，接著轉身也同時邀請承天要一起來。

承天勉強擠出微笑回應，臉上卻閃過短暫的痛苦神情，這神情全讓香之看在眼裡。

爲了替慶友找份陶藝相關工作的智中，驅車到鶯歌陶瓷博物館和館長見面，並一起晚餐。

　　吃完飯，外頭雨下得正大，來到停車場準備離去的智中，突然發現旁邊的車子似乎出了狀況，正想搖下車窗問個究竟，沒想到對方同時也搖下車窗。

　　智中發現，車窗的那頭，竟然是巧英。

　　「妳的大燈忘了關，電耗完了。」智中打開自己的後車廂，冒著大雨幫巧英的車接電。看著智中，巧英默默回到車上拿了毛巾遞給智中。

　　「妳的個性還是一樣，心不在焉。」

　　「個性要改……很難的。」

　　擦著頭髮的智中大步走到巧英身後，突然情不自禁的抱住巧英，喊著她的名字。

　　「你……還是學不會理智！」

　　巧英努力掙脫智中的懷抱，這一掙脫，讓原本已經鼓足勇氣，想對巧英述說這二十年來心中千言萬語的智中又將話塞了回去，巧英快速的上車離去，讓智中徒留惆悵。

　　關了燈的陶藝教室，承天獨自一人坐在角落想心事；他盯著門雖被打開，鳥卻沒有飛出來的鳥籠看，這一夜就這樣度過。

　　第二天早上，承天在陶藝教室中醒來才發現自己又睡過頭了。匆忙回到練團室，卻發現空氣中瀰漫著香之的氣味。香之竟然坐在練團室門口，身邊堆滿了啤酒空罐。

　　承天扶著近乎昏醉的香之進浴室，香之立刻嘔吐。

　　「爲什麼，爲什麼每次都要喝這麼多？眞搞不懂妳。」承天拿出綠茶給香之喝。

　　「我喜歡喝了酒那種暫時處在眞空的感覺……承天，我沒醉啦，不信你聽……」香之拿起沙發上的 DM，一字一字的唸：「五角大廈檔案……珍貴戰爭影片見證歷史……你看，這些中文我都可以唸得出來呢！我哪有醉？」

　　拿起 DM 的香之看著廣告上的軍艦和戰機，卻覺得眼皮越來越重，她唸著裡面的文字：「一九四二年五月，日軍猛烈轟炸摩比斯港，遭英美聯軍痛擊……」

　　此刻的香之，眼前似乎聽見一架架轟隆隆作響的戰機橫過高空，她抬頭看著眼前飛過的戰機，究竟哪一架是佐倉駕駛的呢？她彷彿看見憔悴的自己，每天過著沒有佐倉消息的日子，戰爭何時會結束？和佐倉是不是仍有相聚的可能……一股強大的衝擊力量讓香之無法再往下唸……

　　閉上眼睛的香之感覺有幾個穿軍服的士兵向長得和宋新幾乎一樣的澤田大介敬禮，軍階大尉的他手上抱著一本厚厚的日韓字典。

　　他對著浩妍說：「我是佐倉的好友，澤田大介。佐倉已經先行被派往前線佈署，我隨後也將過去。」

　　看著浩妍欲言又止的面容，澤田大介心裡很是掙扎，但是最後他還是說了：「按照規定，我們出發前都會先寫好遺書交給指揮官，不過遺書只能寫給家人，所以佐倉將他要跟妳說的話全都用紅筆圈在這本字典上，請妳收下。」

說完，澤田大介將日韓字典交到浩妍手中。

「你和佐倉會再見面嗎？」

澤田大介點點頭。

於是浩妍安心的將一個上面繡著桔梗花圖案的護身符，以最恭敬的態度交給澤田大介，並且用堅定的語氣說：「請你轉告他，我會跟他生死相隨。」

眼前的景象雖然猶如幻影般一閃而過，但是香之感同身受的接收到浩妍的無助。

夢中的浩妍手中捧著一本字典，來到兩人碰面的山坡；浩妍翻開字典，用心閱讀著佐倉畫出的紅色圈圈，上頭寫著：「櫻花與桔梗原無緣綻放在相同季節，然而我們卻得以相遇。人生雖然短暫，卻因妳而留香……不要為我傷心，浩妍，明早醒來，世界依然運轉，而我也將在空中守護著妳，循著桔梗花香，有一天，我會與妳相遇。」

佐倉最後的話語，清晰如真，香之驚醒。她意識到繼續留在台北，和承天的情感，可能無法收拾：「我想今天就回漢城。」

「回漢城？妳……擔心我會騷擾妳？」承天嘆口氣，是不是自己的舉動又讓香之擔心自己會侵犯到她。

「我想跟你好好告別，我不希望每次都是不告而別。有機會到漢城，打電話給我。」

「香之，可以讓我……再好好聞一次妳的香味嗎？」

承天誠懇的眼神，讓香之點了點頭。承天輕輕擁抱著香之，希望能在這一瞬間永遠記住她的香味。

「妳的味道，總有一天我會調出來的。」承天用力聞著，對面前的香之承諾，「如果沒有成俊，妳會考慮我嗎？」

「不要問我！我⋯⋯我不知道，我從不去想現實之外、不會發生的事。」香之避開承天的眼神。

「前天晚上，我做了一個實驗；我將鳥籠打開，結果小鳥整夜都安分的待在籠子裡，並沒有飛出去，我想⋯⋯這是上天給我的答案。」承天語氣堅定的說。

回到巧英家，香之將整個背包全倒出來，一直找著那個跟著她的遊樂園小玩偶。

「糟糕！我一定是把東西丟在承天那了。」香之自言自語。

「妳去找承天？」巧英將對戒還給香之，有些不安的說，「妳看起來不像是會做這種事的人。」

「就是因為這樣，我才決定要趕緊回漢城去；這些日子他跟我說了很多話，讓我很感動。我覺得好奇怪，冥冥中似乎有股無形的力量在拉扯著我，將我和承天湊在一塊。夢境越來越明顯，我覺得我快受不了，我想或許回漢城後就會沒事了。」

「真的嗎？回到成俊身邊就真能解決問題嗎？」

巧英的話讓香之想了好一會。過不久，還是繼續收拾行李，看來回漢城的決心並沒有改變。

送走香之的承天，在沙發的縫隙中發現了一個屬於香之的東西──是他掛在遊樂園樹上的小玩偶，承天手握著玩偶，想著香之清晨來到練團室門口⋯⋯這一切讓他相當驚訝，於是他決定要再賭上一回，他要在香之離開台灣前再給自己一次機會。

　　來到航空公司櫃台前等候CHECK IN的香之神色黯然。就在地勤看了看香之的護照後，回頭叫了同事一聲。

　　「有位先生請我們將這個交給妳。」

　　香之收下禮物，那是一朵桔梗花，上頭紮著一張細長的卡片，卡片上畫著和慶州巨石一樣的桔梗圖案，寫著「SCENT OF LOVE」。

　　一個地勤人員在旁邊說：「聽說桔梗花語代表的是不變的愛，小姐妳好幸福喔。」

　　握著花的香之頓時臉紅起來，她用眼神向四周梭巡，偌大的機場裡，並沒有看到承天的蹤影。只見那個女地勤用手指著樓上的方向說：「若妳想見他，他在那裡。」

　　香之一上樓，便見著落地窗邊的承天。

　　「是哪一架飛機會將妳送回成俊的身邊？我不知道，不過那並不重要。」承天像是自言自語，然後轉身將手中的玩偶交還給香之，露出祝福的笑容說，「香之，我想謝謝妳，妳讓我心裡充滿幸福感，原來這六年我不是一個人在打著回力球，曾經有人陪我打過雙打，起碼我不是一直孤單的。」

　　聽到承天這樣說，香之突然驚覺到自己對承天的殘忍：「我很抱歉……人生的事都需要 TIMING，錯過 TIMING 可能就……」

　　「妳怎麼想都好，反正妳記得，妳的鳥籠永遠在這裡。」承天指了指自己的胸口，一心一意想用笑容陪香之離開的他，最後終於是失敗了，因為任誰也看得出，他的心裡是留著淚的……

　　香之打開漢城成俊家的門，電話鈴聲一直響著，香之來不及脫鞋衝到電話旁，電話正好轉成答錄，站在答錄機旁的香之聽到嗶聲後傳來留言者的聲音，是美貞。

　　「成俊，我的戒指不見了，是不是掉在你床上啊？你幫我找好嗎？找到記得回我電話哦……我很想你。」

　　香之瞪大眼，心跳開始不規律的加速；她一遍又一遍按著重聽鍵，美貞的聲音一再重複出現……

　　客廳桌上放著紅酒空瓶和兩只酒杯，香之瘋狂的在床上尋找戒指，果然發現一枚女生戒指掉在床縫中。香之想起洗臉台的長髮、被移動的保養品……她的心裡一陣刺痛，最後只能無力的蹲在床邊發愣。

　　夜晚降臨，讓沒開燈的屋子一片漆黑，開門聲讓香之清醒過來，踏進屋子的成俊和美貞開了燈，看見縮在沙發上的香之，驚訝得說不出話。

　　「妳怎麼回來了？」成俊呆了。

　　「難道應該先打電話通知，好讓你們做好準備嗎？」香之將眼光移向美貞，不可置信地看著她。

　　「妳在說什麼？美貞只是來跟我借錄影帶的。」

　　「好啊！那你們就慢慢借吧！」香之背起包包轉身走出大門。

　　無處可去的香之來到剪接室,想利用剪接忘記今晚的震撼。沒想到一叫出之前訪問巫師的帶子,看到巫師定著眼神說「在妳出生前,已經承諾和另一個人相愛,妳將認出對方」時,香之終於忍不住痛哭失聲。

　　除了感情上的打擊,沒想到工作也讓香之充滿無力。原來社長對香之這次到台灣的取材很有意見,才剛看完香之剛剪好的片子,劈口就是:「我們只是要拍個介紹台北的短片,妳把它弄得這麼文謅謅做什麼?」

　　即便香之解釋,仍然不能改變社長對短片的看法;成俊的背叛、工作上不被了解的痛苦接踵而來,都讓香之感到身心俱疲。

　　這天,香之拗不過成俊的懇求,與他約在公園見面。

　　「香之,妳沒好好睡嗎?眼圈都黑了。」

　　「你對每個人都這樣體貼嗎?」香之很冷淡的看著成俊。

　　「這幾天我反覆想著,你曾對多少女生體貼?女配角、化妝師、報社記者……你知道,只要不侵犯到我的生活,我不會拿這些來跟你吵,可是你……」

　　「那些都是傳言。」

　　「傳言?那美貞呢?被情人和好朋友同時背叛,你們可曾想過我的感受?」香之停了一會,做出她的決定,「我們……就這樣結束吧!」

　　「我們還是可以跟以前一樣……」成俊試圖挽回。

　　「或許我可以照我媽的意思跟你結婚,但是那又有什麼意義

呢？」

香之想起成俊這幾年來對她的照顧，口氣轉為溫和：「你清楚我習慣生活裡面有你，遇到挫折，你會用同行的角度安慰我；我工作忙，你會替我照顧我媽；熬夜剪輯你會來探班……」

「這些以後也都不會改變。」

「可是我變了，或許是因為我去了台北，或許是我看到你跟美貞，這些都逼著我必須去面對那個隱藏多年的我，一個看似堅強其實害怕面對感情挑戰的女人。」

「妳的改變是因為金承天？」

「是也不是。」香之明白說，「六年前，我害怕挑戰，拒絕自己去傾聽內心的聲音，也就拒絕了承天。這次在台北遇見他，我看到一個男孩長大了，他的內心卻依然不理會寂寞的誘惑，一直堅守著自己信仰的感情。」

「所以妳被他感動了？」

香之點點頭：「正因為如此，所以我提前回來，希望信守我對你的承諾，沒想到卻看見你們……」

「妳是說，妳決定跟金承天交往？」成俊急切的問。

「不，我決定跟你分手。至於承天，我不可能現在跟他交往，因為那只是用另一段感情來彌補這一段，我是不會這樣做的。」

練團室裡一夜未眠的承天戴著口罩，細心的用滴管將第一個瓶子裡的成分滴了一點到廣口瓶，然後迅速加入精油、香精。最

後熟練的將廣口瓶拿起，再加入一點香精……一連串的步驟後，承天用試香紙試聞著，最後對自己露出微笑說：「嗯，已經有九十分了。」然後開心的撥著電話。

淑英一接起電話，承天立刻報出自己名字。等到香之一接過來，承天便迫不及待的說：「九十分，九十分。」

還在睡夢中的香之聽傻了，承天才發現自己實在興奮過頭：「我剛做出來的『香之』味道，現在已經有九十分了！我想第一個告訴妳，和妳分享我的快樂。對不起，把妳吵醒了。」

「嗯，你先把香水留下來，下次有機會見面，我也想聞一下什麼叫做香之的味道。」

「香之，妳知道嗎？雖然我們現在距離好遠，但是聞著『香之』的香味，我就會覺得妳好像在我身邊。」

一直到晚上走進 MEMORIES，承天的心情都還好的離譜。巧英發現一群人當中，就屬承天心情最 HIGH。

「你知道香之的事了？」巧英理所當然地問。

「香之的什麼事？」雖然早上剛跟香之通過電話，但是承天對發生什麼事卻一無所知。

「她和成俊分手了。你心情好，難道不是因為這個原因？」

看著承天驚訝的表情，巧英才知誤會承天了，有些不好意思。不過承天倒不在意，反而對著巧英說：「妳這消息，可是我二十五年來聽到最好的消息呢！」

或許因為承天心情好，和宋新的默契比平時來得更佳，哥倆在電台節目說的笑話也特別好笑。

正在房間裡聽著廣播的建之也被逗得開心。這時巧英回到家，建之猛獻殷勤說要泡茶給她喝，接著用陶土杯子端茶出來，旁邊葉片狀的小碟還放了茶點，巧英看了立刻明瞭。

「原來是尹建之的作品展。」巧英拿起陶杯一面喝，一面端詳杯子。

「金老師說，這杯子重量輕，觸感又好，給我八十分。」

前些時候巧英聽說建之跑去學陶藝，後來才知道去的竟是智中開的陶藝教室。

「的確不賴，可是怎麼只給八十分？」巧英覺得建之的作品挺有創作天分的。

「金老師說，另外的二十分差在杯子邊緣的觸感。」

這一說，讓巧英彷彿經由時光隧道回到少女時代，智中正在教她用嘴來感覺陶瓷觸感的情景清晰可辨：巧英拿著茶具，閉上眼睛感受陶土的溫潤，最後智中忘情的吻了她……

為了幫成俊挽回香之，淑英要求香之晚上一定要回家吃飯。香之太了解媽媽的用意，不等淑英「曉以大義」，丟下一句「我的幸福不是媽媽能決定的」，便生氣的出門了。

當晚，成俊依約來到香之家，卻見淑英昏倒在地，趕緊叫救護車將她送到醫院。

香之心情鬱悶，直到半夜才醉醺醺的回到家，發現家中一片混亂，衝到醫院急診室。

　　內疚的香之守著昏迷的母親，寸步不離，成俊主動幫香之回家拿些必需品，就在香之家門口，碰到了滿懷希望來找香之的承天。

　　「香之呢？」

　　「我正要去醫院……」成俊說著：「香之這兩天很不舒服，結果到醫院檢查，發現她……懷孕了。」

　　簡單的幾句話，卻讓承天的腦袋如雷轟頂，尤其最後「懷孕」那兩個字，更是讓承天連再見都忘了說，就匆匆離開。

　　一趟漢城行，原本預計是趟驚喜之旅，沒想到卻一如六年前，承天從喜悅的雲端，直直掉落萬丈深淵。

　　承天一個人失魂落魄的走在漢城街頭，景物依舊，多年前他曾經因為心碎而離開，沒想到多年後仍難逃傷心的宿命。

跟我說實話，我不相信世界上有這麼巧的事！

一九八〇年十二月八號那天，John Lennon 被刺身亡，

我唯一心愛的女人則消失無蹤。

八個月以後，建之出生。這會不會太巧了？

　　獨自坐在海邊的佐倉，看著澤田匆匆的跑過來：「良平，寺本大佐找你。」

　　「終於輪到我上場了。」佐倉抬起頭盯著不遠處的一塊巨石說，「澤田，你知道嗎？在慶州，我和浩妍相遇的地方，也有一塊這樣的石頭。我曾告訴她，我會為她畫上桔梗，畫出我不變的愛。」

　　「佐倉，等戰爭結束，你就可以回去實現你的諾言。」

　　「不要安慰我……我知道，也許明天我已經變成黑夜中的螢火蟲。」

　　「那樣也好，你可以飛回慶州，每天夜晚，守候著你的浩妍。」

2001年‧台北

　　飯店的會議廳中，穿著西裝的承天正在主持韓國新片「戀愛道」來台宣傳記者會，整個會場擠滿了電子攝影機和記者。

　　記者會即將結束，高夢影在後場向承天打PASS，表示只剩一個問題可問。

　　眼看記者踴躍舉手，承天打趣的要男主角車慶元自己挑選記者問問題。

　　底下的幾個女記者似乎對金承天更感興趣，一邊舉著手，一

邊竊竊私語說起他來。

「怎不去演戲呢？可惜呢！他好可愛……」「聽說家裡很有錢，做娛樂事業只是玩票。」「那八成很花囉。」「正好相反！好幾個女明星暗戀他，他理都不理人呢！」……

車慶元指著正在閒聊的一個女記者，沒想到女記者脫口而出的話竟是：「那……他該不會是GAY吧？」

明明只是句八卦，卻因為一緊張成了現場的大笑話。女記者猛搖著頭，漲紅了臉趕緊換話題：「韓國報紙報導你因為拍『愛情的盡頭』，和女主角宋美蘭假戲真做，現在同居在一起，是真的嗎？」

承天將問題翻譯給車慶元聽，只見他擺著臭臉，小聲的對承天埋怨記者從不關心他戲演得好不好，卻只想知道這些無聊事。承天則小聲對車慶元說了幾句話，他立刻點頭微笑對台下指了指。承天則把話題丟給車慶元的經紀人，巧妙的讓記者會順利結束。

記者會結束後，高夢影和承天步出會場，周圍擠了幾個影迷爭著要承天簽名，高夢影則迫不及待拿出一張電影公司的傳真。

「下星期一韓國今年最賣座的電影『尋夢』的導演和女主角要來，電影公司希望你能主持記者會。」高夢影把傳真交給承天。

「好啊！」才剛說完，承天一看到傳真上寫著「女主角徐賢娥，導演朴成俊」字樣，立刻轉身對夢影說：「對不起，我不接。」

　　不就是賺錢的活動嗎？夢影正想拿出經紀人的說辭來說服承天，承天已快快走開，向著對坐在 lobby 的一名女士揮手。

　　坐在沙發上的李敏一見承天走過來，立刻打發還與她談著話的人離開。

　　「不錯嘛，今天穿得還像個人樣。」李敏簽著服務生剛送來的帳單，笑著對迎面而來的承天打量一下。

　　「媽，人家剛主持記者會嘛⋯⋯喔，這是我的製作人兼經紀人高夢影高大哥，這是我媽。」

　　「媽，剛剛那個人是誰？味道好怪。」承天的鼻子聞到一股讓他不舒服的味道，他直覺怪味是從剛剛離去的那人身上傳來的。

　　「一個生意上的朋友。」李敏刻意輕描淡寫，拿起公事包站了起來，「你唷，有空也該回家吧！」

　　承天對著離去的老媽吐了吐舌頭，一回頭夢影又開始轟炸他：「我查過你的時間，下星期一你有空，記者會就這麼說定了。」

　　「可是我就是不想接啊！我的心告訴我不可以接啊！」承天丟下一臉愕然的高夢影，自顧自走了。

　　智中安排慶友在自己的陶藝教室當助教指導學生。這樣既能把慶友留在宋新照顧得到的地方，也可繼續發揮她的才華。

　　「這一條線你把弧度稍微再加大一點，多這點弧度，能增強

觀賞者的想像空間。」慶友對著課堂上的一個學生說著，學生照做後，果然覺得整體線條看起來舒服多了。慶友走到建之身邊，「建之，所有人都在用你畫的草圖當樣本，你很開心吧？」

建之正專心於自己手上的坯土，一聽，臉都紅了，「我只想畫給老師看看，沒想到他居然會拿給其他人⋯⋯」

「很棒耶，等這一批作品燒出來，等於全是你創意的延伸。」建之害羞的笑著。

另一邊，智中欣賞著慶友的新作：「妳這作品『共生』⋯⋯嗯，是在抒發情感上的苦悶嗎？」

慶友驚訝的看著智中，沒想到他竟然能從一件作品中，輕易看出自己的心事。

「妳的心思太細緻，對感情這麼孤注一擲，會很痛苦。就像白藤，它是一種生活在熱帶雨林裡特有的植物，專門攀爬在大樹上生存，吸取大樹的養分，緊緊纏著大樹的枝幹，直到大樹乾枯而死。那是雨林裡的絞殺現象。」智中皺著眉，注視著作品。

「⋯⋯緊緊纏著大樹的枝幹，直到大樹乾枯而死⋯⋯雨林裡的絞殺現象⋯⋯」

慶友獨自坐在餐廳等宋新，還在回想著金老師白天的那番話。

「慶友！」這聲音雖熟悉，但是回頭卻沒見到人，承天戴著宋新臉孔的面具突然從桌子下冒出來，慶友不禁開懷大笑。

「宋新突然要開會，怕妳生氣，我就想到這個方法囉！」看著慶友無奈的表情，承天幫著宋新說，「他剛接總經理，總要認

真一點，好讓他爸爸放心。我們吃東西，來，點最貴的，報他的帳。吃完後我們到 MEMORIES，宋新晚點也會趕過去。」

承天抬頭看看 MEMORIES PUB 的招牌，已經一年了，若不是從美國回來的朋友硬約在這，他應該是不會再踏進 MEMORIES PUB 的。

以前駐唱的歌手，今晚全聚在一起。巧英看到承天，露出高興的笑容說：「承天，一年沒見了喔。」

承天尷尬的抓著頭傻笑，像做錯事的小孩，對著巧英說：「那時突然就不唱了，給您添麻煩，真對不起。」

寒暄幾句後，隔壁桌突然大聲說要買單，巧英連忙過去幫忙結帳。

「先生，一共是四千兩百七十元。」

「這麼貴？黑店喔？」其中一名男子大聲挑釁的說。

「對不起，我們是按照 MENU 上的標價計費，有問題嗎？」

男子打量了巧英一會，眼神睥睨的回了句：「有，哥哥我呢，不・想・付！」

此時智中剛好載著建之進 PUB 找巧英，一進門就覺得氣氛詭異，巧英仍耐著性子對賴帳的男子說：「先生，我們刷卡付現都可以。」

誰知男子冷冷的不說話，忽然站起來，用力推了巧英一把；巧英一個踉蹌，剛好倒在智中懷裡，智中立刻將巧英拉到身後說：「有事好好談，何必對女人動手？」

隔壁桌的宋新等人見此情形，隨即也圍了過來。

承天的鼻子突然動了起來,他看了男子一眼,用試探性的語氣說:「阿光?你是李良光?」

只見那男子回頭看了一下承天,幾秒鐘後也回應:「你?辰斗?」

「你變好多!拜託!那是我爸咧……你居然想扁我爸?」承天推了阿光一把,PUB內的氣氛剎那間輕鬆起來,阿光使眼色要其他混混先走,承天對老爸說:「爸,你記得嗎?阿光是李司機的兒子啊。」接著對阿光說,「當大哥囉,還好你身上的臭貓味我還認得出來。」

「阿光,我宋新啊!」宋新冒出頭來。

「小和尚?」

三人轉而聊起小時候的趣事,智中打了圓場請客,砸場事件終於宣告圓滿落幕。

阿光離開前悄悄對承天透露,砸店是堂主的意思,今天沒砸成,鐵定還有下回,最好是請老闆娘休息幾天避風頭。

承天實在想不透,申姊究竟得罪了誰。

「今天謝謝你了。」巧英送智中到門口。

「這時候的妳變得最溫柔可愛。」

「承天真的長大了,記得以前才這麼小。」巧英比了比小承天以前的小個子。

「這是妳這麼多年來第一次聊到過去的事……」

巧英巧妙地規避了這個話題。智中建議巧英先休息幾天,巧英自然不肯。

「這麼多年，什麼惡劣的人沒碰過，我自己知道怎麼處理。」

「妳這樣，我會很擔心的。」

「沒有你的日子，我都走過來了；唉，我沒有別的意思。」巧英知道這話刺傷了智中，趕緊收口，默默陪著智中走向停車場。

承天和製作人正僵坐在電視公司的咖啡廳裡。

「來賓都在化妝了，承天還是不肯進棚。」製作人看到匆忙趕來的高夢影開始抱怨。

承天看著桌上丟著的節目流程表說：「這份跟昨天傳給我的不一樣。」

「今天來賓是誰？」高夢影想起承天拒絕主持記者會的事。

「朴成俊。原本他不上我們的節目，聽說後來是因為他認得承天，才臨時同意上；我們昨天半夜接到通知，連夜加的。」製作人解釋著。

高夢影一聽是「朴成俊」，立刻明白一切，苦口婆心勸說著：「你不能憑感情做事，之前的電台節目，你也是說不做就不做。承天，人要長大，不能老用情緒影響工作。」

承天沉默良久，終於拿起桌上的劇本，心不甘情不願的邊看邊圈出幾個題目：「嗯，我只問這幾個問題，請他們把問題告訴來賓，不彩排，進棚就正式錄。」

承天一走進攝影棚，成俊就主動趨前招呼，承天也只好禮貌

性回應。更讓他訝異不已的是，成俊竟然介紹身旁的女主角說：「徐賢娥，我現在的女朋友。」

　　承天心中的疑問因節目開始而來不及解開。

　　訪談過程中，成俊對「尋夢」的拍攝過程和內容表達得很清晰。

　　「這部戲是我個人經歷情感上的挫敗後完成的，應該算是一部自我反省的作品，裡頭多少有自己的影子。」

　　「情感挫敗？像導演條件這麼好，很難想像也會有情場失意的時候。」承天話中仍掩不住酸楚。

　　「過去的事我不想再提，肯定的是，賢娥是我目前穩定交往的對象。」

　　成俊爆出這個各家媒體都想知道的答案，令現場人員全都傻眼。

　　「導演這麼坦白，難道不怕破壞你的婚姻？」

　　「我還未婚。」

　　聽完成俊的回答，承天瞬間呆住，過了幾秒才稍稍回神，繼續下一個問題。

　　下了節目後，成俊主動走進化妝間找承天。

　　「怎麼不問我香之現在過得好不好？」

　　「從漢城回來以後，我已經決定不再提起任何過去的事，包括香之。我只是一個不小心出現在你們之間的……陌生人。」承天低頭收拾背包。

　　「香之最後還是拒絕我的求婚，她說，她的心裡一直有著另

一個人。」

「算了吧！如果她心裡有另外一個人，怎麼可能肚子裡會……有你的孩子？」說完承天快步離去。

傍晚，巧英代替建之到陶藝教室拿陶瓶，智中要巧英猜猜看哪個是建之的作品，巧英看著一堆圖案相似的作品搖頭，智中笑著說：「這些作品上的圖案，全都是按照建之畫的草圖去完成的。建之很有自己的創意呢，唉，不像狗狗，一點藝術細胞也沒有。」

「承天很會唱歌啊，個性又純真。」

「妳願意回憶過去，真好。」智中從巧英的眼神中，看到那段美好的時光。

「啊，花好漂亮。」巧英拿起一枝野薑花聞了聞；只要發現智中想引導自己講「過去」，就會機警的點到為止，立刻轉移話題。

「這瓶子配野薑花最美……妳說過，野薑花的花語是回憶，即使在黑暗無際的地方，它的香味都能帶妳找回過去。」智中繼續說著和過去有關的「回憶」。

「智中，請不要一直挑戰我的極限，我不想帶來另一次痛苦。」

「可是，只為了小心的維持現狀，而必須違背自己的心意，對我來說更是痛苦。」重逢，卻無法再表露自己的真心，對智中

不啻是種折磨。

受到心理折磨的，還有宋新。

慶友在宋新的衣領上發現口紅印，宋新又說不出個所以然，害得慶友不知所措的哭了整晚。

「她整晚都在哭，我哪知道口紅是從哪冒出來的？」宋新一臉不解的在腦中「倒帶」，直到想起昨天視察百貨專櫃的行程，宋新終於恍然大悟，「啊！我想起來了，昨天我遇到以恩，沒錯，一定是這樣的！」

原來以恩昨天到宋新公司代理的化妝品櫃上看唇彩，和專櫃小姐起了衝突，一個轉身，便撞「上」正好巡專櫃的宋新，口紅印也就落在宋新的襯衫上。

「怎麼又是她？她真是麻煩！我……」宋新又急又惱地向承天求救。

「你快點娶慶友嘛，我若是慶友，早發瘋了，每天在家當深宮怨婦。你想想看，剛開始她還能跟你住一起，就算沒名分，好歹你在身邊。好啦，現在你跟你爸妥協，搬回家住，她呢？」

承天說得沒錯，宋新也不是不知道慶友的委屈，只是現階段的他就是無法兩全其美，那種感覺就像是卡在交通尖峰時的車陣裡，動彈不得。

而此刻的以恩，也正陷在台北街頭的車陣中，不耐煩的她東張西望，竟發現智中的車子正好卡在另一個車道上。原想搖下車窗打招呼，卻意外發現車上還有一名女子，兩人有說有笑，宛如一對情侶。

　　以恩悶不吭聲的跟蹤智中的車子，停在一間住宅前，只見智中拿著陶瓶、抱著花，還細心為智中拍掉身上不小心沾染到的花粉，這親暱畫面讓以恩的女子覺得事有蹊蹺，立刻殺去找李敏。

　　以恩往承天家客廳沙發一坐，就忍不住問李敏：「乾爹的車是什麼顏色的啊？」

　　「傻丫頭，又沒換車，當然是原來的灰色囉。」擦拭著珠寶的李敏不經意回答著。

　　「喔，乾媽……有件事我不知道該不該說耶……」以恩故意說得吞吞吐吐，觀察一下李敏的表情才說，「今天下午，我看到乾爹開著他的車，載著一個女的。」

　　不等以恩說下去，李敏從抽屜下層翻出一個紙袋，裡頭全是智中和巧英的照片。

　　「咦，乾媽，妳怎麼知道，就是她耶！」

　　「太過分了！」李敏氣不過，立刻躲進房間去打電話。

　　MEMORIES裡，建之正在台上唱歌，智中在台下欣賞，視線時而落在幫客人點東西的巧英身上，此時只見小田將手機交給巧英，一副很緊張的樣子。

　　「承天？……嗯，好。」巧英接完電話，立刻拉著小田說了些話，小田馬上走到櫃台去打電話。

　　「怎麼了？」發現不對勁的智中忍不住問起走過來的巧英。

　　「承天打電話來說，阿光告訴他，他們堂主又要派人來。」

`

話剛說完，兩、三個小混混已經進入店內開始砸東西，客人紛紛走避，整個 PUB 裡桌椅東倒西歪，智中上前拉開一個正抓住巧英的混混，站在舞台上的建之先是看傻了眼，此時突然清醒起來，拿起手中的吉他對著一個混混頭上砸下去，混混一生氣，也拿起桌上的酒瓶往建之頭上丟，這一丟，建之渾身是血。

警車和電視台的 SNG 車同時趕到，混混們立刻作鳥獸散，小田和巧英則趕緊將建之送往醫院。一番急救後，建之的傷勢暫時被控制，「尹建之多處外傷，手部骨折，需要手術和輸血，不過他的血型是含 ANTI－D 抗原的 RH 陰性，目前我們血庫沒有這種血，請找他的直系血親過來捐血。」醫生不帶感情的宣布建之的病情。

「啊，可是……他的媽媽在韓國。」小田無奈的說。

巧英凝神掙扎，決定到急診室外頭撥手機。

從 MEMORIES 現場回到家的智中，顯得相當疲累；不發一語的回房間去。

承天看著電視新聞不停重播 MEMORIES 被砸店的消息，搶下媽媽手中的遙控器，關掉電視說：「不要再看了！」

此時智中的手機突然響起，剛回房的智中立刻衝到客廳接。

「還好嗎？」智中聽到手機那頭傳來巧英因緊張而出現的顫抖聲：「不好，你可不可以幫我？」

冷不防，手機被李敏搶去，一把關掉它，然後丟進桌上的大水杯中。

「李敏，妳……」

　　智中準備拿起家裡電話撥打，立刻又被李敏制止，就在李敏用力扯斷電話線之時，換成承天的手機響了，這次換小田向承天求援。

　　承天機靈的接著智中出門，李敏阻止不成，獨自生著悶氣。

醫院

　　「手術中」的紅燈亮著，智中攬著巧英，巧英無力的靠在智中肩膀上等待。轉入長廊的承天看到這幅情景，默不作聲的走到另一頭找小田。

　　「這時候，再強的女人都需要男人的肩膀。」

　　「可是那是我爸的肩膀耶！」

　　「他們……已經一年多了，你爸常到店裡，我喜歡他們兩個那種懷舊的戀愛氣氛。你不覺得他們很配？」

　　「一年多？所以，他們是來真的？……My God！這是什麼世界！」承天實在無法接受這個事實。

　　第二天中午，建之病情穩定下來，智中開著車要載承天回家去。經過醫院大門，承天聞到一股熟悉的香味，從後視鏡中，卻只看到一輛計程車停在醫院門口，「是香之嗎？」承天心裡激盪著。

　　回到家，李敏還在客廳等著，一見智中回來，火爆地問：「你已經犯過一次錯，竟然還犯第二次……」

　　「我做錯什麼？」智中反駁。

「你根本沒有權利走進 MEMORIES！」

「我有自己決定要做什麼、不做什麼的自由！」

「還有，你們去醫院做什麼？」李敏不甘心地追問。

「救人！」智中以異常平靜的聲音告訴李敏，然後往書房走去。

第二天，承天又來到建之的病房門口，想碰碰運氣，也許可以見到香之，但他躊躇半天始終不敢敲門。

徘徊許久，選擇默不作聲離去的承天，卻在醫院花園中再次聞到香之的氣味。

果然巧英和香之從遠處慢步踱來，來不及閃人的承天乾脆躲在一旁。

「建之的年紀，加上 RH 陰性血型，金老師難道沒有聯想到……」香之覺得依照金老師的敏感細心，應該早猜到。

「應該有……只是那天很亂，加上承天也在，他沒機會問吧。」

「妳會說實話嗎？」

巧英沒有回答，只是盯著香之看。

此時承天的手機突然響了，承天只好抓著手機快步離去，但是承天的背影輕易的被香之和巧英認了出來，兩人異口同聲的說：「那是承天?!」

「記得上回我們閒聊，我說你來開發味道，我們自創品牌這

事嗎？我跟我爸提了，他竟然答應要『金援』耶！看來我們真的可以試試……喂，狗狗，你怎麼了？」宋新一個人唱了半天獨角戲，才發現承天根本心不在焉。

「宋新啊！我問你，如果有一天你跟慶友結婚了，你卻愛上別人，還跟別人生了個小孩……」承天無厘頭地問。

「我才不會這麼無聊，想偷吃先得學會怎麼把嘴擦乾淨，誰會笨到把偷吃的東西拿來裝便當。」說著說著，宋新懷疑地問：「你說的那人是誰啊？」

「我爸。」承天開始說著這幾天來觀察的心得，「那天我去醫院，發現我爸摟著申姊。」

宋新想起金伯伯常往巧英 PUB 跑的畫面說：「我早聽小田說過了。」

承天瞪大眼，身為兒子的反而被矇在鼓裡，「我覺得是真的……不然，為什麼他和建之的血型都是 RH 陰性？」

智中站在病床邊看著病歷卡沉思著。巧英拿著一束野薑花走進來，看到智中，有些驚奇。

「護士帶建之去做檢查。」

巧英「嗯」一聲後繼續插著花，沒想到智中冷不防問了句：「建之是誰的孩子？」

「我姊姊的。」巧英愣了一下，隨即回答。

「巧英，我不相信世界上有這麼巧的事！我記得很清楚，一九八○年十二月八號，JOHN LENNON 被刺身亡，同時我唯一心愛的女人則消失無蹤。」智中唸著建之的病歷：「尹建之，一九

八一年七月二日出生，RH 陰性血型……跟我一樣」

「我記得，那年十月妳告訴我，妳姊夫得了絕症，姊姊心情很差，所以妳要回去看她。」

「那之前，姊姊就懷孕了。」巧英低下頭，費力地辯解。

「是嗎？巧英，二十年過去了，妳的眼睛還是不會騙人。」智中注視著巧英，「妳看著我回答我，建之是不是我們的孩子？」

高夢影和承天剛打完球，坐在場邊休息。距他們不遠處，正學著騎腳踏車的小孩跌倒了，哇哇大哭，旁邊的爸爸不但不過去拉他，反而大聲喊：「自己站起來」，承天覺得不可思議。

「哪有這種爸爸，看到小孩跌倒居然不幫忙的！」

「當然有，這也是一種教育法，教孩子從小跌倒要自己爬，人生的風雨父母也幫不上忙。」

承天似乎若有所悟。此時他的手機響了，掛掉電話後的承天自嘲說：「是宋新！連慶友房間鎖壞了也要我去，可能在大家眼中，我真的太閒了！」

「太閒？那正好，我本想過兩天等你心情好些再跟你說，有兩個新節目指名找你主持，我們改天開個會。」夢影拍拍承天的肩膀，微笑說：「不要再說等你心情好這種話囉。」

換鎖不是承天的專業，光是鎖個螺絲就掉了好幾回。大門被打開了。「慶友？」正蹲著找螺絲的承天聞到熟悉的香味，一抬

頭，是香之提著行李站在門口。

「慶友給我鑰匙，要我先把行李放進來。」香之不自然的說。

「我幫慶友換鎖，換好我馬上就走。」心情盪到谷底的承天冷冷地說。

換好鎖，承天收拾工具準備離開，蹲在旁邊幫忙收拾的香之明顯感受到他刻意的冷淡，想起慶友之前提到承天去漢城找她，問了承天：「我聽慶友說，你去過漢城找我？」

承天的眼中閃著痛苦：「妳不知道我找妳？」

承天不想多說什麼，很快離開。

剛回到練團室，電話又響起，慶友將鑰匙給了香之，香之出門未歸，承天只好再跑一趟慶友家幫忙開門。

慶友跟承天提起，香之這一年來過得並不順心。一年前跟成俊分手，幾個月前她拍一支關於催眠的紀錄片，因為觀點問題，受到嚴厲的批評，也就離開原來的公司。

「那她的孩子呢？」

「孩子？」慶友被這個問題問得莫名其妙。

「算了，不提這個。」

剛說完，香之正好從外面一身酒氣的回來。

「跟誰喝酒啊？」慶友看著酒氣熏人，走路不太穩的香之，不禁皺眉。

「自己囉。」香之瞄到承天坐在沙發不理她，對承天笑了笑。

「酒味難聞，我先閃人。」承天避開香之的眼神，馬上推門離開；經過香之的身旁，明顯的讓人感受到承天築起的那道冷漠高牆，喝了酒的香之還是清晰的感受到內心的痛苦。

病房裡傳來建之和智中的愉快笑聲。巧英一進門，正好看到這一幕歡樂的氣氛，不禁好奇兩人究竟在聊些什麼？

「我們剛剛聊到我長得跟爸媽都不像的事。」

巧英瞬間臉色嚴肅起來，回頭看了智中一眼，智中也趕緊收起笑容。

建之突然間問：「阿姨，輸血可不可能會將捐血人的基因順便輸入啊？我真希望老師的藝術基因，可以順著血液傳給我，那我就能擁有老師的才華了。」

「你這孩子……」巧英開始擔心智中再這樣跟建之相處下去，總有一天祕密被揭穿，後果將無法收拾。

「你暫時不要再來看建之了。」巧英送智中出去時，語重心長的說。

「妳擔心什麼？」

「我擔心什麼？如果你希望保有現在的關係，你就聽我的。」巧英語氣堅決。

「因為……我不要你再做一次那個為難的人。」

陶藝教室中，一位記者正在訪問智中有關高麗茶碗的歷史，慶友在一旁專心聽。

「高麗茶碗興盛於李氏朝鮮時代，當時釜山窯燒出來的成品，很多都傳到日本九州，由於日本茶人鍾愛朝鮮陶工獨特的個性和魅力，後來我們看到的和物茶碗，都深受釜山窯的影響……」

趁著記者接電話的空檔，慶友對智中如此深入了解朝鮮藝術很是好奇。

「以前住漢城時，在中央博物館做過一點研究。」

智中剛說完，就聽到剛掛掉電話的記者，笑著對慶友說「恭喜」，原來慶友以『共生』作品拿到今年的陶藝創作新人金獎。

沒多久，整個「Dream Keeper」工作室已經被各方人潮擠得水洩不通。

消息靈通的宋新也來到陶藝教室。

看到宋新捧著一大束鮮花，慶友立刻露出甜蜜的笑容，丟下記者，奔向他；攝影記者對著他倆猛拍，宋新知道萬一老爸見著照片鐵定又會發飆，反射性的推開身旁的慶友。

「你……不就是那個化妝品界最年輕的總經理……對不？」一家報社記者覺得宋新很眼熟。

「你認錯人了……」宋新沈下臉只對慶友說了句，「晚上找狗狗出來，我幫妳慶祝，我先走。」便轉身離開，留下一臉尷尬的慶友。

面對記者們你一言我一語的說：「想起來了……名字叫宋新，對，崔慶友小姐，妳剛剛說共生的靈感，來自妳和男友間的

感情嗎？」「年輕企業家和美麗陶藝家的故事，好浪漫的題材喔！」

慶友被宋新先前的反應給嚇著，臉色一時間尚未恢復。

「麻煩你們……不要寫，好嗎？」慶友懇求記者們。

了解慶友的為難處，智中也衝著跟媒體的交情說：「這回呢，先讓大家認識慶友的作品，至於感情呢，保留到她走紅後，拜託拜託！」

智中算是為慶友解圍。

承天按捺不住心中的問號，決定直接找智中問個明白。

「爸，媽最近怎樣？」

智中搖搖頭，看來他是刻意躲著李敏。

父子倆沿著馬路走著。智中告訴承天：「狗狗，我考慮暫時搬出來住，最近突然很嚮往自由自在的日子。」

「你是為了申姊？」

承天心裡非常沮喪，因為老爸從小就是他的偶像，也是他最信賴的人，知道老爸的想法將會讓一個完整的家四分五裂，做兒子卻無能為力。

面對承天的沮喪，智中終於說出心裡的想法：「你母親她不管在事業或家庭上面都好強，所以我始終扮演柔性的角色來平衡。」

望著漸漸落下的夕陽，智中語重心長的說：「可是爸爸也是一個平凡的男人，夕陽西沉前，也希望能留住黃昏的餘暉，你懂

嗎？」

　　夕陽照射在父親身上，承天看見智中漸漸蒼老而孤單的身影，發自內心的說：「爸，給我一些時間，我會試著去了解你的心情。」

　　「有什麼事快說啦，我還要趕去慶友的慶功宴。」宋新接到以恩哭哭啼啼的電話，本想置之不理，但是心軟的他終究還是來到居酒屋。

　　全身充滿酒氣的以恩，一看到宋新到，馬上拉著宋新要他陪她喝上一杯。

　　「我還要開車，小姐。」宋新拿開車擋酒，但拗不過以恩，只好喝下一杯。

　　「承天哥哥究竟在忙什麼啊？尹香之回來找他了，對不對？」在醫院的便利商店巧遇香之，以恩覺得她和承天間最大的障礙又回來了，只好找宋新求救。

　　「香之是在台灣沒錯，但是不是來找他。唉，我勸妳放棄狗狗吧，你們是不可能的！」

　　「為什麼？那女人變老又變醜了，承天哥哥不會喜歡她！」

　　「外表不重要，重要的是她在承天心裡的位置。」

　　宋新這麼一說，以恩心裡一悶又乾了好幾杯，同時也逼著宋新跟著喝。

　　「宋新，我跟你說，我從小沒輸過，你看著好了，我是絕不

會輸給尹香之的！」

此時在 MEMORIES，氣氛卻是熱鬧滾滾，高夢影帶頭吆喝大家舉杯向慶友恭賀。

「來，敬我們的『高麗瓷娃娃』！」眾人杯觥交錯，整個PUB的屋頂都快被掀了起來。

「慶友，妳現在很紅，下個星期來上一下承天的『哈韓風』吧！」夢影提議著，適時用手推推陷入沉思的承天。

承天回神後，立刻表明：「慶友啊？別吧！除非宋新在，否則攝影棚大燈一打，她就舌頭打結囉！」

「喂！」慶友嘟起嘴，不過開心得很。此時承天模仿慶友說話：「只要宋新在旁邊，我就不怕了。」

大夥都被逗得開心不已，除了香之一個人在旁邊不停的喝著酒。

「香之，妳還要喝點什麼？」小田招呼香之。

「VODKA，純的。」

此時承天用眼神對夢影示意，夢影便對著香之說：「香之，我聽說妳在韓國拍過催眠的紀錄片，我有個朋友的催眠中心也打算拍一支。」

「我不想再接觸催眠的東西，那些都是無稽之談。」

「怎麼那麼主觀，高大哥研究催眠都已經十年了！」承天見香之連話都不聽完，有些生氣。

高夢影阻止承天，耐心的繼續對香之說：「香之，妳親身經歷過催眠嗎？」香之搖搖頭。

「催眠可以戒酒！」承天剛說完，立刻換來香之的大眼一瞪。

承天趕緊閉上嘴，桌上的手機突然響了起來，只見他聽完沒頭沒腦的拋下一句「我去接宋新」就離席，留下慶友一臉茫然。

將以恩和宋新「領出」警察局後，承天將一臉醉醺醺的以恩叫到一旁：「為什麼又去找宋新？妳這樣很容易讓他女朋友誤會！如果慶友也跟我來了，又是有理說不清！」

「你明明知道我喜歡的不是宋新！」以恩看著承天說，「承天哥哥，我真的那麼差勁嗎？那個尹香之……什麼條件也沒有……你為什麼就是喜歡她？」

「不准妳這樣說她！」承天言詞強硬的對以恩一吼，以恩生氣得甩頭就走。

承天看見阿光和一個男人不知為何被押到警察局，他們這時經過承天身邊，男人身上令人討厭的味道，又讓承天忍不住回頭多看了幾眼。

承天開著車，將一份房屋出租資料丟給宋新：「就在練團室樓上，讓慶友搬得離我近一點，我才方便照顧。」

承天的細心和認真，讓宋新著實感動。

「對了，剛剛到底是怎麼一回事？酒後開車，還敢跟警察吵？」

「還不都是以恩，想用美色誘惑警察就算了，結果警察不理她，她就跟人家吵了起來。」

對於以恩的作風，承天清楚得很，他再次提醒宋新離她遠

些，以免惹禍上身。

　　兩人回到慶功宴現場，一整夜狂歡後，MEMORIES 準備打烊，只剩香之醉倒桌上，任誰也叫不醒。

　　承天留在店裡照顧香之。

　　快天亮時，香之酒醒了，走出 MEMORIES 門口，她看到默默坐在階梯上的承天：「我又醉了？」

　　承天不想理她，還是看著遠方的天空。

　　「你很清醒，好像從來不喝醉？」

　　「只喝醉過一次，在慶州，我討厭喝醉的味道。」

　　「我經常一身喝醉的味道，所以你特別討厭我，對不？我曾以為世上大概只有承天是永遠不會討厭我。」香之因為昏眩，身子靠著牆邊，對天空吐著煙。

　　「我從來沒有討厭過妳。」

　　「那麼這麼多天以來，為何你始終不願意正眼看我？」

　　「妳介意？」

　　「我沒有資格介意。」

　　「是沒資格！妳跟成俊發生那麼重要的事情，居然對我絕口不提？」承天想起成俊在漢城跟他說過的事，「我實在不能接受……」承天深深吸口氣，安靜的看著香之良久，然後說：「成俊想娶妳，不是嗎？」

　　「可是，只為了要結婚而結婚，是沒有意義的。」

　　「懷孕」這兩個字即將在承天嘴邊脫口而出，卻被香之的話打斷：「那種可笑的結局，誰都不能接受。」

　　看著香之抽著菸的落寞神情，承天的心逐漸被軟化，不由自主的哼唱起好久沒有唱的〈遺憾五百年〉旋律，清晨的曙光在兩人背後漸漸升起。

第七話 香之的眼淚

那天，她問我，當全世界的人都拋棄她的時候，我還會愛她嗎？

現在，我要她聽好：香之，我愛妳，比妳想像的時間還久，比妳認識的程度還深。

我是尋找妳才來到這個世界的⋯⋯

　　佐倉駕駛的飛機遭擊中，筆直的墜入海中⋯⋯浩妍從夢中驚醒，滿臉全是淚水。

　　是夢境嗎？不，是真的！她聽見哥哥在房門外說著：「浩妍，不要再哭了！佐倉他永遠不會再回來了！」

　　「哥，你聽我說，我不能嫁給善直！」浩妍嘗試敲著門，想離開房間。

　　「閉嘴！婚禮之前，不准妳再踏出家門一步！」

　　聽著哥哥憤怒離去的腳步聲，浩妍無助的停止拍打門，瘦弱的身軀毫無力氣的沿著門滑下，直到整個人蹲坐在地上，讓淚水無聲無息的流著。

　　催眠室外頭陽光刺眼，然而躺在診療椅上的香之，卻剛經歷過一陣前世的風暴，輕閉的雙眼看得出來還是充滿恐懼，催眠師決定下指令讓香之逐漸返回今生。

　　由於前世的震撼實在過於強烈，返回到現實社會的香之，久久還是未能平息心裡的巨大波瀾起伏。

　　經過催眠，香之比以往更加強烈感覺到浩妍與自己的關係。以往曾經因為陷入某種幻覺而看到的人物、情景，如今終於在催眠中獲得串聯，雖然只是片段片段的呈現，但是香之已經勾勒出前世的一些關係。

　　在前世，化身為浩妍的香之，與善直有著因哥哥作主的婚

約；然而，浩妍卻發現自己已經深深愛上無意間相識的佐倉。

「催眠的感覺到底是怎樣？」走出診療室，慶友忍不住好奇的一直追問香之。

只見香之酒一口接著一口喝，並不理會。

「快說啦，剛才妳說妳看到前世的哥哥？」

「誰也不能確定那是不是前世的哥哥，不過在那個時空，我知道自己有一個很喜歡的對象，家人卻不讓我們在一起。」

香之清楚知道，在前世，日本軍官佐倉是她的最愛，他有著忠於國家的情操，也有著對自己的溫柔專情。

一旁的慶友興奮的點點頭說：「嗯嗯，記得下星期可得好好看清楚前世愛人的模樣喔，記得告訴我喔！」

「最好不要吧！他上一世把我搞這麼慘，我這輩子若再碰到，鐵定好好折磨他！而且……可能上輩子我受夠了男性的強權控制，這輩子才會不斷想要證明自己並不會輸給男人。」香之說完又大口乾了一杯，微笑的對店員比出再來一瓶的手勢。

「小姐，妳已經證明了！誰不知道我們香之連喝酒也不輸給男生！」

慶友搬家這天，承天當然來幫忙，當他搬著大箱子進屋，香之想出手幫忙扶，承天卻故意轉身閃開；沒多久，慶友差點跌倒，承天慌忙趨前關心，還直叮嚀她小心，香之被冷落一旁，很不是滋味。

等承天離開，香之臭著臉，用眼神指著剛從大門口走出去的承天說：「他很故意。」

「他是故意在吸引妳注意。」看在眼裡的慶友幫著承天說話。

「PUB 眞的要收起來嗎？」慶友有些驚訝。

巧英站在 MEMORIES 前仔細又端詳了好一會，不捨地在門上貼出「頂讓」紙條。

「MEMORIES 做得好好的，拱手讓人眞可惜。」香之知道這是阿姨的心血，也覺得有些不捨。

「想要改變生活方式，這是唯一的辦法。」巧英無奈的說。

「阿姨，金老師都已經告訴妳了，他會解決婚姻問題的……」

「妳不懂，當妳覺得幸福唾手可得時，反倒是最容易落空的時候，所以我寧可將自己置之死地，不想在等待中過日子。」

「都這麼多年了，爲什麼不再多給金老師一點時間？」

「如果對結果的看法一樣都是悲觀的，又何必多下一次賭注？」

聽完阿姨語重心長的話，香之才清楚原來在阿姨心中，這個唯一的、多年的愛情，其實是那麼無望。

承天和高夢影從攝影棚走出。一堆承天迷全圍上來，不是送禮物就是搶著要他簽名，搞得承天和夢影只得趕緊逃往車上。

一上車，承天拆著這群迷寫給他的信，一面問「那件事情」怎樣了。

「兩個企劃案都在我手上，一個介紹寵物，一個介紹溫泉；我想如果你接寵物的狗食、貓食代言啦，全都可以參一角。」高夢影發現承天的工作態度改變，很是欣慰。

「高大哥，我要問的是香之拍簡介那件事啦！」承天翻了個白眼。

原來兩人雞同鴨講，聽了承天這句話，換高夢影有些小生氣了：「拜託，我懂了，什麼主持人啦、歌手、調香講師，我看全都是兼職，你的正職根本就是把妹。」

「香之可是姊姊⋯⋯」承天耍小聰明的抗辯起來。

「算了，你不跟我好好談公事，那就什麼都不要說！」

高夢影就此打住，繼續開著他的車。這下換成承天急了，於是拿出任性要賴的「絕招」。

「是你說要談公事的，好啊！高製作，那我正式通知你，你的藝人金承天最近私事繁忙，心情混亂，所以要暫停所有你發的通告。」

「OK！我也用經紀人的身分警告你，任何通告發給你，你不到，就視為違約，你最好想清楚。」高夢影不甘示弱，也用強硬的口氣損上了。

正巧遇上一個紅燈，承天賭氣的開門下車，砰的一聲關上車門，嘴裡不停碎唸著：「什麼大哥嘛⋯⋯居然拿合約來壓我！」

下了車的承天心裡超悶，經過便利店又與人對撞，今天是撞邪啦？正想罵人，對方早已搶在他前頭劈頭罵了一連串。

熟悉的氣味和聲音！承天立刻發現眼前這人是阿光。

　　兩人聊了一會，阿光忍不住將自己知道的實情告訴承天，原來上回去砸申姊店的幕後主使者，竟然是李敏。媽媽所謂「生意上的朋友」，就是那個身上永遠有著一股令人討厭的味道的男子，也就是阿光的堂主。

　　聽到這些，承天驚訝得久久說不出話來。

　　以恩又黏著宋新找他喝咖啡殺時間，宋新是有些不情不願，但狂愛購物的以恩，對於宋新而言，是個很標準的消費者。「難道女人完全不在意香水的成分？」宋新問著市調報告上的問題。

　　以恩拿起咖啡喝了一口，放下杯子的她並不打算作答。

　　「妳告訴我嘛，妳為什麼喜歡香水？妳選擇香水的動機是什麼？」

　　「喂，我可不是來這裡讓你做市調的。算了，看在咖啡份上告訴你，女生喜歡香水，要的是想抓住一種捉摸不定的氣息，所以香水基本上是販賣氣氛，懂了沒？這位總經理。」

　　看著宋新一臉迷惘的表情，以恩接著說：「唉，我看你啊是真的不懂女人！香水要高價、限量，才會吸引女人的搶購。」

　　說著說著以恩就把長髮撩起來，要宋新聞一聞她今天的香水味，宋新靠過去聞，這一切正巧被走進咖啡屋的香之看見。

　　「香之，這裡！」等在咖啡屋裡的高夢影對著進門的香之揮揮手，這招呼一打，讓宋新回頭一瞧，頓時因為剛剛的舉動，臉上一陣尷尬。

晚上回到慶友家，香之替宋新開門，一想起白天撞見宋新和以恩的那一幕，香之不想和宋新共處一室，順手拿了件慶友的外套，丟下一句「出門了」就離開屋子。

將雙手塞進外套毫無目的的走著，香之發現慶友的口袋裡有把鑰匙，香之握著鑰匙，決定前往那個她想去卻一直沒有進入的地方。

屋裡沒有一絲光線，香之確定沒人在屋內後，像小偷般偷偷摸摸進入。

環顧整個練團室，放眼望去全是承天隨手亂扔的衣物，香之在一只櫃子裡發現大大小小的配方罐，以及一張張貼著標籤，編號為「香之ＸＸ號」的試香紙。

不久，香之的眼睛被一瓶貼著「SCENT OF LOVE」的香水罐吸引住。握著瓶子，香之很好奇屬於自己的味道究竟是什麼？於是懷著興奮的心情，輕輕打開瓶子，聞著承天為她調出來的「香之味道」。

香之聞著「SCENT OF LOVE」，一股淡到似乎成為身體一部分的香味飄出，這就是桔梗花香？

沒錯，承天老是說她身上有桔梗花香，順著香味，她閉上眼睛，記憶也飄回到過去，那個穿著軍服的承天和自己出現在一片草原上，開心的奔跑追逐……

「妳為什麼在這裡？」承天的聲音把香之嚇了一跳。

香之緊張得說不出話來，只斷斷續續的說著：「我想知道我的味道……所以我……」

　　承天什麼話都沒說，只是從香之手上取走那瓶香水。

　　「我沒有資格知道我的味道嗎？」香之有些尷尬，同時也對承天的動作顯得有些氣惱。

　　「知道妳的味道是什麼，對妳重要嗎？」

　　「重不重要由我決定，我看，其實調香對你而言也不重要吧！否則你不會這麼久都不好好調香。」香之用手指抹了一下滿是灰塵的桌子。

　　「尹香之，妳沒資格數落我。妳又把感情當什麼？騙我就算了，為什麼還不跟成俊結婚？」這下換成承天懊惱生氣，終於提起他心裡最不想提起、卻又一直梗在心頭的疑問。

　　「當初不希望我嫁給成俊的人是你，怎麼你又要過問我為何不嫁給成俊？」香之被問得莫名其妙。

　　「因為……妳居然懷了他的孩子……我只能說……我受不了！」承天一口說出一直藏在他心裡的話。

　　「孩子？你說什麼？我聽不懂！」香之一頭霧水。

　　「還裝！我興沖沖的跑到漢城想給妳一個驚喜，結果成俊告訴我……妳懷了他的孩子。」

　　「成俊？他怎麼可以這樣胡說！根本沒有什麼孩子啊！我回漢城後，我媽媽就中風了，接下來的三個月時間我都待在醫院照顧我媽。」

　　聽到香之將一切真相還原，承天愣著回想這段日子對香之的態度，空氣中充滿尷尬情緒。化解了這個誤會，承天和香之來到已歇業的 MEMORIES，承天高興得喝了酒。

「你不是最討厭喝酒的嗎?」

「我誤會妳了,所以我罰自己喝酒,記得妳說過,只要喝到一個程度,人生就會變簡單。」說這話的承天其實心裡是開心的,承天又乾了一杯,話也跟著多了,「我……唉!最近……出現一連串的意外事件……簡直亂七八糟、充滿荒謬!」

「香之,所有不可能的事全發生在我身上,老爸包二奶、老媽耍黑道、經紀人像強盜,說不定過兩天,我真多了個弟弟……」想到建之,承天突然清醒的問,「建之,他究竟是不是我弟弟?」

見香之不說話猛喝酒,承天坦承說:「我在醫院偷聽到申姊和妳的對話……」

「不要問我這些,我只知道阿姨收掉PUB,就是想結束一切!」

香之的這句話,正好讓來到 MEMORIES,想找巧英的智中聽到,他的心裡籠罩著不安,好像二十多年前巧英不告而別的惡夢又將再度來臨,巧英隨時會逃離他的世界……

果然如智中所想,巧英選擇離去,來到巧英空盪盪的住處,只見到桌上放置的一封署名給「金智中」的信,以及一只茶碗。信中寫著:

智中,請你原諒我再次選擇不告而別,因為面對你,我永遠無法說出再見。

二十年來,我在心中一直問著自己:你還記得我嗎?

重逢至少讓我找到了答案,這一次,我不再是孤獨的離開,你決定離婚的心意,我非常感激,但是智中,你從來不是個強悍

的人，要逼自己正面迎戰，對你何其殘忍？在擁有你和保護你中間，我選擇了後者。這個茶碗留存了我們共同的回憶，讓兩個一半能緊緊相扣，那才是始終完整存在我們心中不變的愛。

智中不斷重複看著巧英的字跡，此時門鈴響了，智中抱著一絲希望開門。

「沒想到是我吧？」李敏一進門，不慌不忙的環顧整個屋子，然後冷冷的對智中說，「你是不知道這裡已經人去樓空，還是專程來憑弔這段逝去的愛情？」

「這是我的事！」智中深呼吸調整了心態，決心不再任李敏擺佈。

「你的事？我告訴你，我不容許她再繼續糾纏你、破壞我的家庭！」李敏口氣強硬，說完冷冷的微笑著，因為打從以恩告訴她巧英的住處，她就決定要這麼做。

「我們的婚姻中，一切都是妳的喜好、妳的決定，對婚姻，我的確不夠忠實，我們的夫妻關係早就崩潰，名存實亡了，卻還要佯裝沒事，忍氣吞聲。沒錯，那是我的虛偽！」智中將多年的感受毫無顧忌的說出來。

「我不想聽一個不忠實的人對自己的行為作辯解！」李敏聲調依舊冷酷。

「好，那就不要再給我機會了，那只是浪費妳和我的時間，我早就想清楚了，我希望開始為自己而活，我已經決定搬出去住！還有，我希望妳能同意離婚！」

「不可能！」李敏非常震驚，但仍口氣強硬的回應。

「李敏，我至少一直尊重妳，沒想到妳太令我失望，找人偵查我、監視我……包括巧英的店被砸，我想跟妳也脫不了關係。」

「金智中，我是什麼身分地位的人，怎麼可能做這種事？你搞錯了。」李敏壓抑緊張，趕緊為自己辯解。

「我也希望是我搞錯，但是如果不是巧英放了那幾個小兄弟一馬，恐怕妳現在沒辦法安心在這裡跟我說話。」

說完智中拿起巧英的碗，頭也不回的走出去。

「還在跟我生氣啊？」高夢影對著臉上沒有表情的承天先開口，在製作人陪伴下，不情願的來到攝影棚樓下咖啡屋的承天坐下來好一會了，卻連句話也不說。

「有新case……不想聽？」

「哪敢？到時候又說我違約。」

「是齣電視劇。」

「電視劇？不要！」承天立刻拒絕。

「確定不要？有個韓國劇組要來台灣拍十天戲，想找個製片協調，我覺得尹香之挺合適的，不過既然你說不要，我也不好勉強。」高夢影笑笑等著承天反應。

承天恍然大悟，立刻見風轉舵笑了起來，然而高夢影也非省油的燈，立刻拿出另一份企劃案說：「交換，主持這個寵物節目吧！」

承天將高夢影的好消息帶到慶友家給香之。

然而香之只是默默喝著她的酒，懶懶的說：「一下子要拍催眠，一下子要做製片協調，到底要幹嘛呀？」香之說完又倒了一杯繼續喝。

「妳不要再喝啦！都快酒精中毒了。」承天實在看不下去，搶下她手中的酒杯。

此時慶友將資料拿過去看，看了封面唸著：「落葉之歌，導演孫太錫……」香之聽到這，立刻迸出一句「我不接」，然後走回自己房間。

慶友將企劃案拿了過來，給了承天一個「包在我身上」的眼神，便走進香之房間。

「香之，妳就試試看嘛。」

「慶友，妳知道嗎？那個孫太錫是我學弟，在學校是個痞子，連他都當上導演了……」趴在桌上的香之難過的說著。

過了幾天，口頭上答應拍攝的香之並沒有出現在拍攝現場，反而來到建之的學校。

「姊，不要在我學校裡喝酒啦……」建之對姊姊到學校找他都在喝酒，實在反感，「所有的問題，不會因為妳喝酒而解決，喝酒只會讓妳更做不到妳想要做的事。」

香之盯著眼前的建之，苦笑了起來。

此時建之突然抬頭：「我想問妳，為什麼阿姨後來不再讓我去金老師那裡上課？」

香之無法回答建之這個看起來很簡單的問題，就像她的人生也充滿太多不知道該如何回答的問題。

　　唯一能幫她解決的還是酒。到了晚上，承天終於在MEMORIES 找到喝得醉醺醺的香之。承天對著爛醉如泥的香之說：「有事就直說嘛，躲起來又不能解決問題。」

　　「你們都好傻，我是個沒用的人，你們不需要這樣對我。」香之的語氣哽咽，充滿消極與失望，「……工作、愛情、婚姻，每一樣我都有很好的機會，結果全部搞砸了。」

　　承天只想趕快將香之架回家休息，背起醉得迷迷糊糊的香之時，卻聽見她問了一句：「當全世界的人都拋棄我的時候，你還會愛著我，對不對？」

　　承天正要開口回答，卻發現香之已經在肩頭上睡著。

　　第二天，承天開始忙著翻閱有關上癮、酒精中毒等內容的書籍，查了戒酒中心的電話，將各種戒酒方式一一記錄下來。

　　到了晚上，承天將蒐集到的戒酒資料，攤在香之面前，然後興沖沖的拿出各項道具表演，最後宣佈從今天起組成「戒酒團體」。

　　對於承天的用心，被迫坐在客廳看他表演的香之一點也不感激，只是面無表情淡淡的說：「我沒有酒精中毒，承天，你不必浪費時間去做這些缺乏大腦的事。在漢城，每個人都喝酒啊！」

　　「誰說的？慶友是正統韓國人，她就不碰酒！」承天反駁。

　　「喝不喝是我的自由，謝謝你的好意，請你停止這種無聊的課程！」

　　「好，妳覺得這樣很無聊是吧，那更無聊的人是誰？是誰抱著我問我還愛不愛她？誰哭著說沒人幫她？如果那是醉話，請那

個人永遠保持清醒，不要拿醉話來欺騙別人！」承天一口氣說完，氣得衝出去。

香之突然間覺得自己深深傷害了承天，立刻追了上去。

「承天！對不起！」香之喊著，承天逐漸停下腳步。

「不需要說對不起！打了人一巴掌，然後再問他痛不痛，這樣會不會太多此一舉？」望著承天無力垂下的肩膀，香之像做錯事的小孩，小聲的說：「不是這樣的……」

「香之，我告訴自己一千遍一萬遍，算了，不要再做夢了，偏偏每次看到妳，我又控制不住，拚命跟自己說，再對妳好一次，說不定這次就成功了；我知道妳昨天喝醉了，可是人家不都是說酒後吐真言嗎？」

「我？我說什麼？」

「唉，妳問我……當全世界的人都拋棄妳的時候，我還會愛妳嗎？」

看著香之默然無語，承天難過的說：「算了，我知道妳又要說什麼，妳要跟我說不要相信妳的醉話，對不對？真是夠了，我不想再聽了！」

承天落寞的走遠，香之的心裡更加茫然沒有目的。

「深呼吸，放鬆……來，告訴我，妳前世最快樂的事情是什麼？」催眠大師的話讓香之臉上的線條變溫和。

「我愛上了一個人……我看到他的第一眼就愛上他了。」進

入催眠狀態的香之，一個俊帥的男子輪廓逐漸在她面前成型。

「他叫什麼名字？」

「佐倉，佐倉良平……可是我不能愛他，因為我要結婚了，我看見媽媽正在裁剪我的結婚禮服……」香之不由自主的開始啜泣起來。

「所以，妳選擇放棄？」

閉著眼的香之堅決的搖搖頭：「我……不想放棄，我每天都去山坡找他……他會陪我摘花，我們摘的是桔梗花，春天，山坡上的桔梗花形成一片紅色花海，他畫的桔梗花……好美啊！」

就在香之臉上的表情轉為充滿幸福的微笑時，一剎那光景，瞬間又露出驚恐神情：「等等，我看到……他要走了，那是火車站。」

香之的面前出現佐倉一個人走進月台，剪了票，等候火車的到來，落寞的神情，像是即將失去生命中最重要的人一般……

「然後呢？他上車了嗎？」催眠老師繼續發問。

「沒有，我不讓他走，我趕了過來，我們決定要到很遠的地方，我們決定投宿旅店，我不要回家！我捨不得離開他！」香之又陷入哭泣狀態，「啊，哥哥來了，還有善直，他們抓著我，善直不停不停的打佐倉，啊！不要打他啊！不要打……」

香之的神情非常激動，痛苦的將慶友的手都抓紅了，催眠大師看情況不佳，決定暫停今天的療程，讓香之回到現世。

和上次一樣，香之又經歷了一次巨大的心靈起伏，這次更讓香之不知所措的是，前世裡的善直和成俊的面容一模一樣，莫非

因為她上輩子拒絕了善直的婚約，所以這輩子必須接受成俊對她的折磨？越想越難過越驚恐的香之，決定不再接受催眠。

「我不想再去了，我覺得腦子裡一團混亂！」香之一離開催眠室，快步走著。

「可是還有一次療程。剛剛催眠老師說，妳一定要做完，他說……」慶友趕上來。

香之停下來，喝了一口啤酒說：「對，我知道，他說只有將療程做完，我才能擺脫對愛的恐懼。哼！我才不相信這套！」

「對了，妳剛才的表情好恐怖，到底看到了什麼啊？」慶友十分好奇。

「不要問啦！」

「香之，我覺得妳根本是自暴自棄，工作不順利一定會熬過去的，可是感情，錯過就沒有了！妳覺得承天做得還不夠嗎？」

「好吧，讓我告訴妳，剛才催眠時，我清楚看到了那個人……那個前世我深愛的人，竟然是承天！」

「我心裡很亂，我看到成俊、承天，究竟這些是巧合還是心理投射作用？」

香之整個人眼神迷惘，只好靠著手邊的啤酒穩定神經，灌下一口啤酒，語氣轉為堅定：「我絕不再去，我沒有勇氣。妳知道嗎，那太真實了，連那花，都跟承天畫的一模一樣，如果是妳，難道不害怕嗎？」

香之的腦中浮現承天為她畫在巨石上的紅色桔梗，還有如影隨形的〈遺憾五百年〉歌曲……

　　以恩下午經過承天的調香教室，興沖沖去找他，卻被承天「轟」了出來，氣不過便去找李敏告狀，沒想到一進門正好聽到李敏對著電話大聲吼叫：「你搬到哪裡都沒有用！我不簽字，你就永遠得不到自由，我是絕對不會同意離婚的！」李敏「啪」的掛上電話，轉頭卻看見哭喪著臉的以恩走了進來。

　　「乾媽……」

　　氣炸的李敏聽著以恩的描述，一聽到承天對她說的那句「妳跟我媽像是一個模子刻出來的，妳們老是在想怎麼控制人」，突然間雷霆大發，覺得承天這孩子竟敢批評自己的母親，立刻手機一撥，要承天好好跟以恩道歉。

　　沒想到承天隨便找個理由就掛了電話，以恩氣不過，決定衝到練團室找承天理論。

　　香之因為前晚的事，想跟承天道歉。來到練團室，剛開始寫紙條，以恩就來了。「尹香之？妳又出現啦？難怪承天哥哥不回家，難怪他對我沒有好口氣，都是因為妳！」

　　「承天不理妳，跟我有什麼關係？」

　　「怎麼會沒關係？因為妳的出現，承天哥哥的眼裡再也看不到別人，無論我再努力都沒用。」

　　以恩眼睛往香之手中的紙筆瞧，想知道香之在寫些什麼，香之隱約感覺到以恩的企圖，連忙用手臂護著信紙。

　　以恩接著看到桌上擺放著一張張「香之ＸＸ號」調香試紙，

受到刺激，抓起試紙就不停的撕。

「這是承天的心血，請妳不要這樣！」香之試圖阻止以恩瘋狂的舉動。

「他的心血？哈，那是對妳吧！對我而言卻是垃圾！」

此時以恩想伸手去拿「SCENT OF LOVE」香水，卻被香之即時搶過去握在手中，以恩一氣之下，便把調香桌上的東西全掃到地上，香之奮力阻擋，卻被以恩推倒。

混亂中香之的手被玻璃碎片刮傷，香水瓶掉落在地上，灑了出來；香之急得流下眼淚。即使手因為流血而疼痛，香之還是想要盡力保護那瓶香水，她拾起香水瓶，血濺到標籤上，標籤上的桔梗頓時被染成了紅色。

「以恩，妳就算恨我，也不要拿承天的東西出氣！如果妳真愛承天，怎會忍心毀掉他的城堡！」

香之一說完，承天正好從門外走進來，混亂中，承天護著香之，瞪大眼睛對以恩狠狠的說：「出去！」嚇傻的以恩站在原地，承天用力拽著以恩的手，將她拉到門外說：「王以恩，我們永遠不用再見，聽到沒有？永遠不見！」隨後將門用力關上。

承天蹲下身子查看香之受傷的情形，他輕輕握住香之的手，卻被香之抽回。香之在地上找著瓶蓋，重新將香水蓋好。

承天看到香之手上的傷口，找出棉棒和優碘幫她擦藥。承天注意到香水瓶身的桔梗圖案，因為沾到香之的血，逐漸轉為紅色。

「妳的手……染出了紅色的桔梗花。」

　　承天的鼻子感受到空氣中流瀉出百分百的香之味道。承天不
解的打開香水蓋子聞，剎那間臉上出現奇異的光芒：「香之，妳
在香水裡加了什麼？」

　　香之只是搖頭。

　　「這味道，是一百分的香之！怎麼會呢？香之，完完全全是
妳的香味耶！……這是真正的『SCENT OF LOVE』！」

　　回想剛剛的每一幕，承天終於恍然大悟，是香之的淚水滴進
了香水瓶！他興奮的對香之說：「我知道了，是妳的眼淚，妳的
眼淚完成了我的香之香水！」說著忘情的抱住香之吻了她……

　　第二天，承天興奮的到辦公室找宋新，把兩個瓶子往桌上一
擺。

　　「宋新，你聞聞看，這兩個瓶子裡的香味有什麼差別？」

　　承天先打開第一瓶，滴在試香紙上，又打開另外一個瓶子，
在試香紙上把兩種成分混合滴在一起，分別要宋新聞聞看。

　　「差不多啊。」宋新實在覺得難以分辨。

　　「怎麼會差不多？」承天拿起「SCENT OF LOVE」那瓶說：
「這是情人的眼淚耶！」

　　「嗯，這個厲害！」宋新眼睛一亮：「愛情的香味加上情人
的眼淚，這話題好，管它什麼香味，光是概念就已經成功了。」

　　承天擺擺手往沙發一坐，驕傲得很。

　　此時祕書敲門走進來，將皮夾交給宋新，原來慶友送皮夾到
公司給他。

　　「怎麼不讓慶友上來？」

「萬一碰到我爸，慶友會很難堪。」

「你這樣她會更難過啊！都幾年了……」

承天對宋新如此處理慶友的事情，非常不以為然。宋新永遠提不出解決辦法，承天生氣的離開辦公室。

坐著車回到陶藝教室的慶友，心裡雖然有些沮喪，但是看到從漢城寄來的，自己以前的作品，心情頓時轉好。

智中稍稍看了一下慶友正在整理的陶藝作品，笑著說：「等我從漢城回來，一定仔細挑選。」

智中一手安排幫慶友開個個展，慶友覺得自己的作品不夠好也不夠多，但是智中有他的用意：「單純以老師的角度，我當然希望妳的作品能更多更成熟之後再做展覽，但是……」智中看著慶友，「我希望妳很快被媒體肯定是個藝術家……藝術家跟企業家第二代的結合，妳和宋新的障礙或許比較容易排除。」

慶友聽了當場紅了眼眶。

慶友把作品逐一收進櫃子裡時，卻發現櫃子裡有兩只碗，碗底刻著「1979」和「LOVE」，她發現兩只碗合在一起時，成為一體，而各自分開時，又成了兩個獨立的碗。

「老師，我好喜歡你這件作品，可不可以把它放進我的個展中，好讓大家知道我的老師這麼棒。」

智中微笑的點頭答應，思緒再度回到與巧英一起做陶的日子，那碗正是他和巧英的愛情回憶紀錄啊！

和宋新吵嘴的承天，心情不甚好的走在路上，遠遠看見香之

又拎著酒從便利店走出來。承天故意跑到她面前搶走她手裡的啤酒，只見香之白了他一眼。

「妳去哪？」

「旅行社，我去訂回漢城的機票。」

「幹嘛突然回漢城？」承天像被敲了記悶棍。

「我家在漢城啊！我已經多留一個月了。」

「為什麼不先跟我商量？」

「我為什麼要跟你商量？」

香之的口氣太重了，承天安靜下來，不再說話。

回到練團室，香之將窗戶打開，黃昏的光線照在她身上，映照出一種懷舊的美感，承天感覺自己又超越時空回到某一個熟悉的年代⋯⋯

「妳穿韓服的樣子很美。」

香之心裡一驚，承天怎可能看過她穿韓服？

「在夢裡，我見過妳穿韓服。妳在我很多夢裡不斷出現，像是慶州山上、在老車站⋯⋯」

「車站？你夢見的車站長什麼樣子？」香之想起催眠時同樣也出現的老車站畫面。

「就⋯⋯老車站啊！」承天被香之問傻了。

這時門鈴響了，承天不情願的去開門：「拜託，該不會是以恩又來了吧？」

開門一看是智中。

「經過這兒，看你燈亮著就順道進來看看你。我明天出發去

韓國一個星期，這次會到慶州，所以我打算順便去看看你一直說的那塊石頭。」智中拿起數位相機。

「這是一定要的，那是我金承天的創作耶！」承天又是一臉驕傲的神情，見香之端茶出來，承天立刻興奮的要智中用數位相機幫他和香之拍張照，從未一起拍照的兩人，不甚自然的表情，智中用數位相機平時相處彆扭的寫照……

練團室中，承天仍為慶友跟宋新嘔氣，宋新把一個紙袋丟給承天。

「我早就準備好給慶友的東西。」。承天打開紙袋裡的珠寶盒，是顆閃耀奪目的鑽戒。

「你又沒跟我提過……」承天手裡拿著鑽戒，對下午指責宋新的事，顯得有些難為情。

「狗狗，從小我們比誰都親近，我以為你應該了解我。唉，算了……」宋新接著說，「下週末是她生日，我想帶她出國，可能會先在國外註冊結婚吧，這樣慶友應該會比較安心。」

「嘿嘿，國外結婚鐵定需要證人，多買張機票把我一起帶去吧！」

「那香之呢？」

宋新話一說完，承天整個臉垮了下來，說起香之要回漢城的事。

承天隨後拿起「SCENT OF LOVE」香水瓶玩啊玩，宋新靈

機一動，胸有成竹的說：「要瓦解香之的心防，就要來個絕地大反攻，看我的，我有好辦法！」

承天根本不相信憑宋新的腦袋會想出啥好方法。

韓國・慶州

智中終於看到了承天在大石上畫的桔梗花，距下班車的時間還早，他散步經過一家中藥店，被櫥窗中擺放著像是高麗青瓷的花瓶深深吸引，不自覺走了進去。

「那高麗青瓷釉色溫潤，器型線條比例俱佳，應該是十二世紀時的古物吧！」

老闆看到智中對陶瓷似乎頗有興趣，將花瓶拿給智中仔細瞧。

「邊緣呈黃褐色，釉藥含鐵，果然只有韓國的胎土燒得出這股朦朧的美感。」

「這邊還有一些，也是傳了幾代的老東西。」老闆指著牆邊木椅上的高麗茶碗。

「啊！李朝的釜山窯！」智中蹲著仔細看了好一會兒，一起身，看到牆面的老照片中，有一張佐倉和浩妍的合照。

「這兩人是……」智中吃驚不已。

「那是我姑姑和她的情人。」

智中拿出自己的數位相機，翻出那天幫狗狗和香之拍的合照，除了服裝年代不同，幾乎和浩妍、佐倉的容貌一模一樣。

　　怎麼可能？兩個不同年代的人，竟然長得一模一樣，竟然拍下同樣的照片……莫非前世的不完美結局，將會延續到此世？身為承天的老爸，智中的心裡浮現一種不祥的預感。

　　「就這個男孩……家父到臨終還記掛著他，七年前他來過這裡。」老闆看著數位相機裡的承天。

　　「他是我兒子。」

　　老闆開始說起故事：「六十年前，我那已有婚約的姑姑愛上了一個日本飛行員，叫佐倉良平……那是一場悲劇，他們兩個和她的未婚夫全都在悲劇中死去。」老闆接著拿出一個保存極好的信封以及一本已經陳舊的韓日字典說：「戰後六年，佐倉的母親帶著一封信和這個護身符來到我家，希望見他兒子最心愛的女子一面，聽說佐倉到死前都緊握著這個……」說著拿出一個古老，但有著明顯水漬痕跡的護身符。那是一個用紅色繡線繡出的桔梗圖案。

　　讓智中一時語塞的是——那圖案竟和承天畫在石壁上的圖案相同。

　　「家父後來也曾看過石壁上的圖案，看完後一直想找到你的兒子，警告他萬萬不要因為前世的念力，讓此生只為了與對方相遇而活，因為那表示他也必將為愛而死……」

　　「一個品牌要做多久的研究才能上市，你懂不懂啊？什麼都沒考慮就弄個什麼發表會！」宋新的爸爸大步走進辦公室，對宋

新的企劃案很不滿意。

　　宋新覺得老爸眞是沒有生意頭腦，開始發揮三寸不爛之舌說著：「我打算先利用情人節造勢，製造消費者的期待感，苦候產品上市，自然造成熱潮，這樣包準成功。」看著老爸的表情，宋新信心滿滿，「爸，讓我試一次，這個發表會絕對不能取消。」

　　爲了「SCENT OF LOVE」的新上市發表會，宋新每天花十幾個鐘頭在辦公室。慶友知道宋新一個人在辦公室，特意坐車去找他，想給他一個驚喜；想不到一下車，卻在宋新辦公室門口，看到王以恩正趴在宋新肩上哭泣。

　　以恩什麼也沒說就走了，剩下滿腹委屈的慶友和不知所措的宋新。

　　在公司樓下等宋新的以恩，一看到他下樓，沒多久便哭了起來。

　　走在河堤上，宋新想牽慶友的手好好解釋，卻被她避開了。

　　「我來，只想到公司看看你，看看你工作的樣子，看看你工作的地方……白天，我根本沒資格來……」

　　看慶友幽怨的表情，宋新更是著急，「慶友，妳聽我說，王以恩跑來公司找我是因爲承天，眞的不干我的事。」

　　「我選擇相信你，可是爲什麼我心裡面卻感覺到很不安？」慶友眼淚撲簌簌的掉著，指著自己的心說，「我這裡，空著好大一個大洞……」

　　第二天，香之一面喝著酒一面安慰愁眉不展的慶友。

　　「王以恩這女生妳又不是不清楚，加上宋新就是不懂得拒絕

別人，沒事的。如果宋新敢對不起妳，承天肯定會第一個殺了他。」

聽到香之的安慰，慶友心情好了一點，不過還是蹙著眉說：「我不想讓他覺得我在逼他，可是我真的很擔心。我爸爸連著幾天生氣的打電話來說，如果宋新沒誠意要結婚，要我馬上回漢城。」

見香之一直喝酒沒停過，慶友還是撇開自己的事，叮嚀香之說：「別再喝了，明天要參加承天的發表會，還有，下星期要參加最後一次的催眠療程。」

看著慶友臉上溫婉的笑容，香之摸摸她的頭說：「好啦，答應妳，那麼愛撒嬌，難怪宋新老是要哄妳。」

智中一回國，承天立刻拿著邀請函到陶藝教室找他。

「你們哥兒們準備做生意囉？」智中邊翻開邀請函邊笑著說。

「其實是因為香之要回漢城，宋新說我再不表白就來不及了……爸，我的香水真的做出來了。那天，香之的眼淚滴在香水瓶裡，原來我缺的是香之的眼淚。」

「眼淚？」智中抬頭看著承天。

「是真的。宋新說，因為愛情必定有它苦澀的一面，所以淚水才是最動人的元素，我也覺得是這樣，我和香之的命運好像注定就是這樣。」從慶州回來，智中忐忑不安的心情，在知道承天一心一意要往這條危險的路走去，急著要他冷靜下來。

「爸，你好怪，你以前不是這樣的……」承天難以理解為何

智中似乎不再支持他。

第二天下午，「SCENT OF LOVE」的香水發表會如期開始，飯店貼滿以慶州石壁上的桔梗爲主題的海報。發表會一開始，宋新拿起麥克風便開始說：

「剛剛很多記者問我，桔梗不是沒有香味嗎？沒香味的花，怎麼做成香水？我只能說『SCENT OF LOVE』是個只存在於戀人間的私密香味，至於『SCENT OF LOVE』香水是如何創造出來的，還是由調出永恆的桔梗香味的金承天本人來解開這個祕密。」

從宋新手中接起麥克風的承天顯得有些靦腆，他的眼神始終搜尋著台下的香之，直到看到角落的香之，才安心的開始說話：

「記者朋友都知道我有個滿靈的鼻子，我一直相信上帝會創造這樣的鼻子給我，是爲了要讓我能在茫茫人海裡找到她……」

坐在角落的香之不自在的想起身逃開，卻被身旁的慶友拉住。

「七年前，我第一次見到她，她身上散發的香味吸引了我，那股香味填滿了我全身所有的細胞，我完全被征服了……

「七年來，我的心裡只有她，爲了她我學習調香，在熟悉的香味中，我找到通往她靈魂深處的祕道，我選擇不斷守護著她的香味……雖然她從來沒有說過她愛我……

「雖然我花了好多時間，卻始終調不出來『SCENT OF LOVE』的完美香味，直到那天她的眼淚滴在我的香水中。我才發現原來

她的香味，是要用她的眼淚才能完成。

　　「我以為完成了香水，是我們開始相愛的暗號，沒想到此時她卻告訴我，她要走了，而我竟然沒有勇氣說出挽留她的話。

　　「今天，我想藉此機會請大家見證我的回答，那天，她喝醉酒後問我，當全世界的人都拋棄她的時候，我還會愛她嗎？現在，我要她聽好，香之，我愛妳，比妳想像的時間還久，比妳認為的程度還深。我是為了尋找妳才來到這個世界的……」

　　香之的眼中閃爍著淚光，承天把麥克風交給慶友，走到香之面前，深情的吻了香之。攝影記者混亂的搶拍，鎂光燈不停閃動，香之和承天卻旁若無人的親吻著……

「承天，假如你是慶友，你會怎麼做？」

「我不會死，我會繼續等。記得嗎，

我曾說過我心裡有個鳥籠，門永遠為妳開著，

鳥籠是因為等待妳才存在——

不管以前、現在或以後，永遠都存在。」

　　黃昏的山坡開闊美麗，七色彩霞佈滿天邊。佐倉與浩妍彷彿在享受著兩人相聚的最後時光。

　　「浩妍，妳知道戰爭已經開打，參加這場神聖的戰役是我的榮耀……」

　　是分離的時刻了，浩妍默默不語的流下悲傷的淚水。

　　「不要哭，浩妍，答應我，在我離開妳身邊的這段日子，要開心的等候我回來，我一定會活著回來與妳相聚的……」佐倉撫摸著浩妍烏黑柔細的長髮，心裡十分不捨。

　　發表會結束，承天帶著香之來到兩人在台北初次約會的小酒館。香之跟服務生要酒喝。

　　承天用嚴肅的口吻說：「我不喝酒，而且要做金承天的女朋友，是不准喝酒的！」

　　「我沒說要做金承天的女朋友啊！」香之故意逗著承天，等到承天瞪大眼睛，才一臉調皮的說，「想跟尹香之交往的人，首先要願意陪她小酌，你喝不喝啊？」

　　這下承天只得點頭答應，兩人美好的未來，似乎就要從香之豪邁的「乾杯」聲裡開始了。

　　此刻，坐在宋新車上的慶友仍若有所思。

　　「心裡有事就說出來，不要老悶在心裡，會悶壞的。」

　　慶友還是微笑搖頭。

　　「我們去哪吃飯？就當替狗狗他們慶祝好啦！」宋新想讓慶友開心一點。

　　「回家吃吧！我煮豆腐鍋。」

　　一聽到慶友要煮豆腐鍋，宋新立刻一副口水直流的模樣，逗得慶友開心的笑了。

　　宋新的祕書卻大殺風景打電話來，聽著宋新的回話，慶友在宋新掛掉電話時，失望的說：「公司有事喔？」

　　「嗯，準備明天一早要用的資料；我去去很快就回來，妳豆腐鍋煮好，我也到家了，乖。」把慶友送到家，宋新給慶友輕輕一吻，說了句「等我喔」，宋新就匆匆開車離去，留下慶友一個人孤獨往屋裡走。

　　因為臨時接受一家電視台的專訪，智中錯過了承天的發表會。離開電視台前，電視螢幕正好播出記者會的片段：「……我是為了找妳才來到這個世界的，我只懂得該怎麼愛妳……」

　　站在原地將新聞看完的智中，臉上充滿了憂慮神情，他一直記得中藥舖老闆對他的警告。

　　宋新正在公司檢視祕書擺在桌上的兩張機票和抽屜裡的求婚戒指，心中幻想著慶友快樂的面容。此時手機響了，一看顯示是「王以恩」，宋新毫不遲疑立刻關機。

　　沒想到，一走出辦公室，宋新打開車門發動引擎，旁座車門卻被打開，紅腫著雙眼的王以恩一屁股坐了進來。

　　「小姐，不要開玩笑了，我和慶友約好了。」

　　「我要你陪我……我看到電視了，承天哥哥居然在電視上吻

那個老女人！」以恩話一說完，眼淚如決堤般落下。

　　看著佈滿淚水的以恩，宋新又心軟了，他無奈的嘆口氣說：「好吧，我陪妳一個小時，不過只能一個小時喔。」

　　陪著以恩來到PUB喝酒，宋新卻不時偷瞄著手錶，猛灌自己酒的以恩不高興的說：「你就這麼在意你的高麗瓷娃娃啊？」

　　「當然，她是我老婆。」宋新毫不遲疑的回答。

　　「這麼在意，那就快喝、多喝點，喝完才准走！」以恩拿起威士忌倒滿宋新的酒杯。

　　「來，我敬你！」以恩舉起酒杯，很爽快的又是一杯，自然也要宋新乾杯。這一來一往，宋新自然也喝了不少。

　　「宋新哥哥，今天是人家的心碎紀念日……」

　　「唉，妳就想辦法忘記狗狗吧。好啦，喝完這杯我要走囉。」宋新想閃人，不過以恩可不這麼想，她舉高酒杯說：「敬金承天一杯！」然後一口氣又喝光它。

　　「真搞不懂，狗狗周圍的女人為什麼都喜歡喝酒。」宋新搖搖頭，準備起身。

　　「宋新，不要急著走嘛，我好寂寞……宋新，不要放我一個人哪！」以恩哭著拉住宋新的手腕。

　　自己走掉也不是辦法，宋新只得將幾乎喝掛的以恩扶到車上，才開上路，宋新便發現前方有警察臨檢，剛好看見前方掛著汽車旅館的招牌，宋新決定把以恩送到旅館去，順便也躲避酒測，於是將車開進了汽車旅館的停車場。

　　「王以恩，妳醒醒啊，我開個房間給妳休息，我要走了。」

好不容易把以恩扛到房間，宋新用力搖著以恩，卻被以恩無預警的吐了一身。

「啊！這怎麼辦？」宋新一臉氣惱的坐在床沿，拿著旅館的濕毛巾試圖把襯衫擦乾淨，一回頭，躺在床上熟睡的以恩，身材曲線分外誘惑。

酒意甚濃的宋新覺得一陣昏眩，趕緊起身走進浴室，脫下襯衫想趕快清洗乾淨好回家。

「你的肌肉練得好漂亮。」光著上身的宋新聽到以恩的聲音嚇了一跳，從洗臉台的鏡子裡看到臉上帶著紅暈的以恩站在浴室門口。

「我也練得很好……」以恩突然解開上衣釦子，然後一步步往宋新靠近。

「以恩……快把衣服穿好，別發酒瘋了。」

以恩擋住浴室不讓宋新出去，宋新正想找縫隙鑽，沒想到以恩「啪」一聲將燈給關了。

「你說，你是不是動心了？……我猜就算是承天哥哥，他看到我這樣也不可能不動心，對不對？」

以恩裸著身子貼近宋新，宋新雖然深呼吸想要躲開，卻被以恩主動靠上來抱住的熱情給迷眩，他的雙手終於情不自禁的摟住了以恩……

白天記者會的甜蜜畫面還暖暖的在承天的心裡，晚上從茶館

出來的承天和香之並肩走在夜色中；一路上香之喝著綠茶，承天猛盯著香之看：「妳喝茶的樣子好美喔！」

望著承天幾近陶醉的神情，香之忍不住笑他：「還沒聽你說過我哪個樣子不美。」

「有！喝酒的樣子不美。」承天看著香之的臉，很嚴肅地問。

「香之，現在全台灣有幾百萬人都知道我有多愛妳，那妳能不能告訴我，妳有多愛我？」

「嗯，」香之看著承天，停了下來，誠實的說出心裡的話，「給我時間，我希望我可以像你愛我那樣愛著你。」

聽完香之的內心話，承天笑得比天上的星星還要燦爛。

回到練團室，一開門，香之找著電燈開關，承天卻從後面抱住她說：「不要開燈。」香之順從的回過身，承天將她拉到懷裡，兩人幸福的擁吻著……

此時住在樓上的慶友卻是一夜無眠，望著煮好許久的豆腐鍋，手裡握著總是傳來「您撥的電話現在收不到訊號」的手機，一個人發愣，直到窗外天亮、清晨來臨。

慶友一個人縮在房間角落，擔心宋新到底發生什麼事，越是擔心，眼淚就越不聽使喚的汨汨流下。然而天亮後的一通電話卻劃破整夜的寂靜。

「慶友……」剛睡醒的宋新頭痛欲裂，看到身旁躺著以恩，更慌了手腳，他想打給慶友，找到手機卻發現昨天整夜竟是關機中，一開機又突然電力不足斷電，情急之下趕緊拿起旅館電話撥

給慶友。

「我終於聽到你的聲音了。」慶友的聲音發抖，眼淚也跟著撲簌簌掉下來。

「對不起……」宋新聽見電話那頭慶友的哽咽聲。

「我整夜都在擔心你，手機打不通，害我好著急，你現在人在哪裡？」慶友擔心的問。

「我手機沒電……昨天晚上臨時被客戶抓出去應酬，原本只想去一下，結果醉得不省人事……慶友，妳不要生氣喔，我很快就回去……」原想繼續說下去，以恩卻在此時開口說著夢話，宋新一時慌亂趕緊掛斷電話。

電話被掛得莫名其妙，手機上顯示的又是陌生號碼，於是慶友按下「回撥」鍵，沒想到一接通竟然出現「愛情海賓館，您好……」的聲音，慶友不可置信的切掉，雙手顫抖起來；此時的慶友萬分無助，信步來到練團室，鼓起勇氣按下門鈴。

「一定是宋新那小子，明明今天要出國去，還故意來攪和，不理他……」承天摟著香之，理所當然地不起床開門。

不見承天開門的慶友，看著自己手上被捏過又打開的紙條猶豫著。紙條上是汽車旅館的地址。

賓館裡，宋新正在浴室裡沖澡，電鈴響了，以恩包裹著床單便起身到門口，一開門，站在門口的慶友看到身上裹著床單的以恩，以及從浴室探出頭的宋新，完全失去了主張：「宋新……這……就是你說的禮物嗎？」慶友整個人僵住，用手勉強撐著牆壁站立。

「不是，慶友，妳聽我說……」宋新想拉住慶友卻被用力甩開，「不要靠近我，你不要再靠近我！」悲傷的慶友往走道跑去，宋新急著追上去，追到長廊才發現自己身上只裹著毛巾，只得望著慶友的背影離去。

來到河堤的慶友，恍神的走著。腦海中全是宋新和她相遇相戀的畫面：佛國寺的初吻、教宋新如何使用洗衣機的甜蜜……

閉上眼，宋新對慶友說過要在結婚後，一同去旅行，看原住民藝術，開gallery展覽，美女陶藝家老婆創作的作品的話又再度出現腦中。然而早上醜陋的那一幕，卻將這些美好的一切全部摧毀。

面對急流的河水，慶友慢慢脫下腳上的鞋子，縱身一躍……

承天和香之還沉溺著，互望對方，捨不得起床。

「宋新？」接到電話的承天霍然起身往河堤趕去，一路上，承天的耳邊一直出現宋新那句話：「狗狗，我在河堤上……你趕快來，慶友她出事了！」

河堤上，早已聚集警察和許多圍觀的人群，宋新一個人神情黯然的跪坐在地上，在他面前是慶友留下來的皮包和鞋子。

「我警告過你離王以恩遠一點，你怎麼就是不聽？」承天一走過去立刻給宋新狠狠的一拳。

「你告訴我，你最愛的是慶友，那你為什麼會害死你最愛的女人？你到底在幹嘛？」氣不過的承天將宋新推倒在地，宋新毫不反抗，任由承天推打。

「狗狗，我知道都是我的錯，該死的是我，但是我眞的沒有主動找王以恩，是她看到你和香之的新聞後，哭著來找我，我愛的只有慶友……」

深夜，回到慶友的住所，宋新一個人獨坐在沒有慶友的餐桌旁，想著慶友煮飯的情形，想著慶友一個人在夜晚哭泣，想著慶友拿陶藝作品給他看的笑容……而今，空盪盪的屋子只剩下宋新獨自一人。

承天默默的打開慶友家的門，宋新躲在角落。

「狗狗，把燈關上，我不想看到光。」

「先吃幾口泡麵吧。」承天將泡好的麵塞到宋新面前。

「我在等慶友回來，可是她一直都沒有出現。狗狗，用你的鼻子幫我聞聞，慶友回來了嗎？」宋新放下碗，抬起頭想對承天求救。

「你瘋啦！你出了名的怕鬼，慶友那麼體貼，就算回來，也只會在窗外偷偷看著你。」

「我是兇手，害死了我最愛的女人！」宋新雙手搗住自己的臉，無助的哭了起來。

承天也不知該說什麼，慶友的死，自己不也是幫兇嗎？

練團室裡香之猛喝著酒，看見承天回來，才緩緩的說：「我們都忽略了慶友也需要人關心，才會造成這樣的悲劇；唉，眞是悲哀，男人都經不起考驗。」

「香之，不要這樣想，至少，我絕對不會。」

「承天，假如你是慶友，你會怎麼做？」

　　「我不會死，我會繼續等。記得嗎，我曾說過我心裡有個鳥籠，門永遠為妳開著，鳥籠是因為等待妳才存在——不管以前、現在或以後，永遠都存在。」

　　香之感動得眼眶泛著淚水。

　　「香之，其實宋新早已準備好結婚戒指，他計畫今天帶著慶友出國結婚去，假也請了，機票也買了。」

　　見到香之驚訝的表情，承天將新產品記者會後，以恩哭著去找宋新的過程，全都娓娓道來。

　　「以恩是個很纏人的女生，宋新又不善於拒絕別人。」

　　「不善於拒絕別人就守不住防線？男人都是這樣！」香之想起過去成俊不也是這樣對她，背著她和美貞在一起⋯⋯

　　美貞來到台北，在承天的練團室見到香之，顯得很不自在。

　　「慶友爸爸還好嗎？」香之問道。

　　原來慶友的媽媽生病開刀，她爸爸知道女兒投水的消息，不敢讓慶友的媽媽知道，只得請美貞先來一趟。

　　「這地方？⋯⋯」

　　「承天住這，我也暫時住這裡。」美貞看到屋內擺設，唯一的一張大床說明了他們的關係。

　　「我不知道妳跟承天在一起，成俊本來擔心妳會很傷心，想來看看妳。」

　　「我和他已經是毫不相干的兩個人了。」香之說得冷漠。

「可是，他還是對妳存著希望，一直還定時去探望妳媽。」

「美貞，妳是最沒資格講這句話的人。」香之的口氣仍然冷漠。

「關於那件事，我真的很抱歉。那時候我剛失戀，完全找不到自己存在的價值，感覺好空虛。」

「為了填補自己的空虛，卻傷害別人？耐不住寂寞的女人，真是自私！慶友就是被這樣自私的女人害死的！」一說完，香之激動的將啤酒罐用力丟入垃圾桶。

「我……真的很後悔。」

「後悔？王以恩也很後悔啊，可是後悔能把慶友的命換回來嗎？我真想不通，為什麼大部分的女人，永遠都只能從男人身上找到自己的價值？」

面對香之的氣憤，美貞完全無話可說，只能無言的看著她。

「申姊，行李我來，我可是個大男生呢！」小田替巧英和香之開了門，幫忙將行李搬進去，然後將手中的鑰匙交給她，「我姊她們現在都在加拿大，短期也不會回來，妳就暫時先住吧！這是鑰匙。」

「香之，如果妳暫時不回漢城，可以來陪我一起住。」

忙著打開久未使用的窗戶，好讓空氣流通的香之，聽到阿姨這樣說，還來不及回應，小田搶著替她回答說：「她正在熱戀中，哪有閒情陪妳啊？」

　　香之臉紅的瞪小田，小田逮到機會繼續調皮下去：「妳這股兇勁留著對付承天吧，對我可沒用，嘿嘿！」

　　香之和承天在一起？巧英一聽大約知道是怎麼回事，心裡還是有些驚訝。

　　晚上兩人來到路邊小吃攤吃東西，香之猛灌生啤酒，巧英勸她少喝些。

　　「他既然決定要跟我在一起，就應該接受我真實的樣子。」

　　「香之，兩個人在一起，不能因為自己強勢，就要對方概括承受所有的委屈，知道嗎？」

　　「這是他心甘情願的。」

　　「慶友不也是？」

　　這話倒讓香之愣了一下，接著說：「就因為慶友的事，讓我對愛情更沒有信心，現在說最愛你的，可能就是明天傷你最深的。」

　　「唉，可是人生不就像個賭局嗎？不斷在下注，工作、感情、生活、朋友……很多事情應該是看有沒有享受過程，結果不是最重要的。」

　　「只要我不賭，不也就不會輸?!」香之回到從前就堅持的觀點。

　　「香之，我曾經很恨自己，更恨智中，一直到好多年以後，我才發現，這一生中會讓人反覆咀嚼的美好記憶，真的不會太多。如果一直把現實放在愛情前面，妳永遠都不會知道自己真正去愛另一個人的能量究竟有多強。」

　　「承天是很可愛，我一邊被他感動，另一邊卻又忍不住擔心，如果我們繼續走下去，總有一天，他必須面對現實。我太理性了，我很清楚自己從來沒有像他愛我那麼多，我覺得，愛一個人如果愛到上癮是件很恐怖的事。」香之和巧英對愛情的看法似乎毫無交集。

　　陶藝教室中，智中和宋新正看著慶友以愛情爲靈感而捏出的作品「共生」，心中感觸萬千。

　　「這個『共生』看起來很不均衡，我當時一看到這作品，就感受到慶友心裡的恐懼。」

　　「我以爲我做得夠好了，我從來不知道她心裡這麼害怕……」

　　看著宋新自責頗深，智中安慰的拍拍他：「金伯伯，我很想了解慶友所有的一切……她在陶藝上的一切，我知道我沒有慧根，但是我想請你花時間教我。」

　　「只要你有空，當然好。」如果這是宋新療傷的好方法，智中當然願意全力以赴。

　　宋新的爸爸拿著宋新的辭呈跑來找承天：「你知道宋新做了什麼嗎？」

　　承天點點頭，但是沒有發表任何意見。

　　「這個公司將來全是他的，他怎麼可以這麼缺乏責任感？他是我唯一的接班人啊！」

「宋新覺得，慶友走了，他所有的奮鬥都變得沒有意義。」

「所以就可以任性辭職？你身爲他的好友，幫我勸勸他！」

「宋伯伯，因爲我了解他，所以我無法幫你勸他。」承天老實直說，「其實宋新老早就想和慶友去公證結婚，是慶友不讓他這麼做。慶友的爸爸坐過牢，關慶友什麼事？你不讓他們在一起，現在慶友命都沒了，你覺得宋新還做得下去嗎？」

慶友死後，所有人的生活都變了調。

沮喪的香之，不斷想起慶友。叮嚀她去做完最後一次催眠療程的話，雖百般不情願，還是來到催眠中心。「妳那朋友沒有陪妳來？」催眠師問道。

香之搖搖頭：「她不會再來了，不過我答應她，會來將療程做完，所以我來了。」

夢境的畫面讓香之驚訝不已……

這是哪裡？香之看到著海軍軍服的佐倉出現在一個充滿水的地方，啊！他遭到炮彈襲擊而墜入海中，佐倉的身子飄呀飄的往海裡墜下……手中握著的，是浩妍當初託澤田交給佐倉的信物——那個繡著桔梗花圖案的護身符。

接著出現的情景是……穿著韓服的自己，正繼續苦苦哀求未婚夫善直，她希望能取消兩人的婚事。即使知道她和佐倉相愛，善直似乎也不願意點頭。

直到她告訴善直：「我的肚子裡已經懷有佐倉的孩子……」

　　她看見善直的臉全變了個樣，看起來十分嚇人，只丟下一句「我不會就此善罷干休的，絕對不會！」便憤怒的離去。

　　「現在妳來到哪裡？」催眠師問著香之。

　　「我在家，我正在收拾東西準備逃跑。」

　　香之的眼前變成浩妍正在收拾細軟的畫面，她看起來相當慌張，正當她將佐倉交給她的字典放進行李時，門外出現一名男子匆忙急促的腳步聲，於是她貼著門口，傾聽前來報信的男子說：「我家善直少爺出事了，晚上他關在房間喝了很多酒後跑出去，結果掉到山谷裡。人是找到了，但是也斷氣了。」

　　坐在催眠椅上的香之眼淚直流：「……是我害死他的，他說過他絕不會善罷干休的。」

　　從美貞口中知道成俊最近會飛來台北跟香之見面，讓承天這幾天心裡始終惦掛著。一錄完寵物節目，立刻飛奔到成俊和香之見面的咖啡屋。

　　成俊和香之相見，兩人顯得有些生疏，成俊先是開口對香之說他已經和明星女友分手了，香之聽完只是毫無感覺的要成俊再挑一個填補就好了。

　　「我來之前去看過妳媽媽，她還在問我們什麼時候結婚。」

　　「她病糊塗了。這一次，你是為了慶友來的，我們不談這些！」香之斷然回答。

　　此時宋新和美貞走了進來，終於讓尷尬的話題暫時結束。

　　不久，承天也匆忙趕到，他一語不發的往香之身旁坐下，用充滿敵意的眼神看著成俊，深怕一不小心，香之會被他拐跑。

　　宋新開車載著大家離開，坐在前座的承天眼睛始終盯著後座的動靜，突然間，宋新為了閃避一輛車子來了個大轉彎，香之重心不穩的倒在成俊身上，腦袋撞到成俊下巴，成俊溫柔的替她揉了揉說：「妳的平衡感還是很差。」

　　「我沒事。」香之趕緊坐好，後視鏡中看到此景的承天，妒火更是中燒。

　　將成俊送到飯店門口，成俊突然要求跟香之單獨說幾句話。

　　「這幾天，我想跟妳再見個面。」成俊開口。

　　「我們沒有什麼事需要私底下說的。」香之眼神飄向宋新車上的承天。

　　「香之，是關於妳的工作。最近國內電影開始蓬勃，我覺得有些機會妳應該要把握。」

　　香之一聽到是工作，語氣轉為平緩：「好吧，我們電話聯絡，不過說好只談工作。」

　　第二天，坐在練團室裡的承天想起昨晚成俊的舉動就悶，沒多久成俊的電話果然又來了。香之講完電話，承天立刻問：「你們說什麼？妳要跟成俊出去啊？」

　　「嗯，我們有些工作上的事要談。」香之知道承天心裡很擔心。

　　「可是妳以後都會住台灣啊，幹嘛談什麼工作？」

　　「承天，我總不能一直這樣不做事吧？」

「我養妳啊。」

「早知道你這麼幼稚啊，我絕對不會理你的！」香之腦海中突然掠過催眠的景象，心中有些莫名的不安。

　　巧英將店頂給以前在店裡工作的小田後，第一次來店裡走動，沒想到竟然在這裡巧遇承天；經過一段時間的沉澱，承天面對巧英有了不同的想法。

「以前呢，妳是申姊，現在的妳多了很多身分──爸爸的舊愛，女朋友的阿姨，真覺得有點混亂呢！」承天笑笑說。

「是啊，很尷尬的關係。」巧英自我解嘲。

　　從承天口中，巧英知道智中搬離家裡，現在一個人住在陶藝教室。

「智中和我是有一段過去，但在他心裡，最重要的還是你。」

　　巧英的話，讓承天猛地想起一些童年舊事，於是決定回家一趟。

「唷，我們家少爺今天要回這個旅館住啊？」久沒見到兒子的李敏擺出溫和的笑容。

「媽，我只是回家拿個東西，等會兒就走。」承天隨即往房間走，李敏的臉色立刻一沉。

　　承天不停的翻找著裝有童年物品的箱子，終於找到了他要找的東西，卻沒發現李敏站在門口。

「我聽說你交了女朋友，怎不帶回來給媽看看？」

「她家沒錢，又是韓國人，我不想自取其辱。」承天一面拿

東西，一面回答媽媽的問話。

「我希望見見她……這個週末帶她回來吃飯吧！」李敏心裡雖有些怒火，卻故作溫和。

承天不知所措的點著頭，不過深諳老媽個性的他立刻附帶一句：「妳可不能給人家難堪喔。」

李敏要見香之自然有其用意。李敏早從以恩口中得知尹香之是申巧英的姪女，心中的怒火持續在燃燒著，這火，當然要對尹香之發洩。

而承天渾然不知將有場風暴要產生，他只是興奮的拿著剛找出來、捏得歪歪扭扭的陶杯往陶藝教室跑去。

「爸，今天我碰到申姊，她回來了。爸，你不打算去找她？」

智中搖搖頭，看見承天手中的小陶杯，從他手中拿了過來，陶杯裡有張泛黃的小照片。

「我真難想像你的世界。你和媽媽長久生活，卻同時把對申姊的愛藏在心裡，現在你想要離開媽，卻又不去找申姊，這樣的你真夠怪。」

然而智中沒有回答承天的問題，只是看著二十年前的照片，照片裡的巧英、智中都很年輕，小承天還將手勾著小香之。

「香之從小就是一臉成熟穩重的模樣……」智中看著照片，沈思許久「承天，我想你一定很想知道我為何會跟你媽結婚吧！你外公是我的老師，他很欣賞我，常邀我到家裡去，那時，我是個半工半讀的僑生，你媽媽卻是鼎鼎大名的校花，她喜歡我，好像沒有什麼理由不跟她交往。」

　　智中第一次和承天談到過去。

　　「雖然結婚後沒多久，我跟你媽媽相敬如冰，但還好有你；記得你才幾個月大時，只要我一抱你，你就會笑，就連開口學講話，第一個會叫的也是『爸爸』。你是我婚姻生活裡的重心，然而和巧英的相遇，卻是我這輩子都無法忘懷的愛情記憶。」

　　智中告訴承天，二十多年前的某一天，父子倆在餐廳裡吃東西，餐廳裡正放著〈Jealous Guy〉的音樂，巧英則帶著小香之在另一個角落和一名男子約會。

　　「我喜歡 John Lennon，音樂夠好，他對愛情又夠勇敢。」智中聽到巧英聽著餐廳裡的音樂說。

　　和 John Lemon 同一天生日，又一向最喜歡他的音樂，智中忍不住多看了巧英幾眼。

　　滿餐廳亂竄的小承天不知何時跑到小香之面前，手中拿著霜淇淋對小香之猛聞說：「姊姊，妳叫什麼名字？妳香香，我喜歡妳。」

　　小香之不理會小承天，只是往巧英身邊靠去，將臉埋在巧英懷裡。小承天想去抱她，沒想到手中的霜淇淋突然掉在巧英身上，巧英拿起紙巾擦拭時，一個聲音出現面前：「對不起，我兒子太調皮了。」

　　巧英抬頭看到面前的智中，忽然臉紅了起來，正想學陶藝的巧英，知道智中是很被看好的青年陶藝家，故事就這麼開始了。

　　「我怎麼都不記得？」

　　「你那時好小，怎會記得？照理說我和巧英是兩條平行線，

想不到巧英跟我的一個學生是室友,她打聽到我的工作室,跟我說想學陶藝。

「我認識她的時候,她才二十歲,她是真的想學做陶,我跟她有很多共通的地方,那種相互了解的感覺,剛開始是驚喜,然後迷惑,最後變得不可自拔。」

承天雖然不是很能體會如何從做陶中有心靈體會,但是媽媽呢?難道沒有發覺他們的情感蔓延?

「怎麼會沒有?你媽媽知道我捨不得你,堅決不讓我帶你走,我很猶豫……」智中描述著他無法給巧英未來,以及對巧英的虧欠。

「燒窯也能在不知不覺中,間接表達出自己的感情。我的作品向來不慍不火,唯獨那段期間,看過我作品的人,都感受到一股熱情……」

「老爸,你曾經想過為了申姊放棄家庭嗎?」

「嗯。只是……有一晚我跟你媽吵架的聲音,把你給吵醒了,你撲到我懷裡,小手緊緊抓著我不肯放,就連睡熟了也一樣,我覺悟到自己絕對不能離開你。後來我對巧英說,我們可不可以做另一種吃飯、喝咖啡、談心事的朋友?她只對我說一句『若是走回頭路當普通朋友,那就不必了』就消失了。」

「我以為我們就此斷了聯絡,但是,我知道我們誰也無法忘記對方,因為高溫的柴燒一定會在陶器表面留下火的痕跡。」

聽完老爸的故事,承天更加認定建之是他的弟弟。「建之是我弟弟?」

　　練團室中，站在香之背後的承天突然冒出這句話，把香之嚇了一跳，香之停下手邊的動作愣了一下，繼續洗著碗不回答。她的沉默讓承天知道自己的猜測已經接近事實。

　　知道香之是坐著承天的經紀人高夢影的車來赴約，成俊立刻將此舉動聯想到是承天的主意。

　　「我一直是承天的假想敵，對吧？」成俊笑了笑。

　　「說好今天只談公事。」香之不希望成俊將話題延伸，成俊立刻將手中的企劃案放在香之桌上。

　　「這兩、三個星期，我就收到五本電影的企劃案，題材都很不錯。原本我的工作室只有一組人，現在我想多增加一組。香之，我希望妳能跟我一起做。過去，妳一直碰不到好的機會，現在我有能力，我希望能讓妳發揮妳的才華……而且我對妳還有責任。」

　　「我說過，你對我從來就沒有什麼責任。」香之聽到成俊最後一句話，立刻反駁。

　　兩人同時見到高夢影從門口走了進來。

　　「那個金承天真的能給妳幸福嗎？」成俊不以為然的問。

　　「說好只談電影，這些企劃案我會仔細看，如果你要談論私人情感，我沒法配合。我不希望承天擔心，我得走了。」拿著企劃書的香之禮貌性的對成俊點個頭便與高夢影一起離去。

　　「聽說妳做完整個催眠課程了，覺得怎麼樣？」高夢影對著

坐在車上的香之問。

「超出我的想像，很震撼。」香之猶豫了一下才回答，「高大哥，你相信有前世嗎？」

「香之，妳看那些正在播出的畫面，覺得是眞還是假呢？」高夢影笑笑的指著路邊牆上的大螢幕問著香之。

「是眞，也是假；拍攝的時候是眞的，經過剪接拷貝留下的影像，像眞的，又好像是假的。」香之回想催眠時看到的那些讓她喘不過氣來的景象，「那些我看到的悲劇，眞的曾經發生過嗎？爲什麼都是我這輩子認識的人呢？」

「我想是因爲妳和那些人的宿緣太深吧！轉世，是爲了繼續妳未完的旅程，也是妳此生的功課。唉，眼前這傢伙一定也是妳的功課。」

兩人往攝影棚門口看，果然承天已經等在那裡，高夢影還沒將車停好，就見到承天像個小孩子般興奮地跑上前來，等香之一下車，立刻拉著她的手，興奮的說：「快，我媽在等我們了！」

承天依約帶著香之回家，吃晚餐時，李敏果然開始她的盤問時間。

「尹小姐，妳多大了？」

「我？二十九歲。」

「比我們家承天大好幾歲呢。」

「媽，這些我不是都說過了嗎？」承天看出李敏是故意的。

「那，妳現在在做什麼？」

「目前？沒有。」

　　「那承天賺的錢夠你們花嗎？」

　　「我沒有花過承天的錢。以前工作那麼多年，我有存款。」

　　「媽，香之本來要回漢城去上班，是我不讓她回去的。」承天覺得媽媽像審訊犯人般，主動替香之回答。

　　「誰要你多嘴的？又沒問你。」看著兒子護著香之，李敏一臉不高興。

　　「那尹小姐接下來的計畫呢？」

　　「我要跟香之結婚，她的計畫就是跟我結婚！」承天才不管李敏是不是又要生氣了，在香之還沒來得及開口前，就急忙替她回答。

　　李敏瞪了承天一眼，繼續問：「聽說，尹小姐在韓國有個交往很久的男朋友？」

　　「又是誰在那裡跟媽大嘴巴的？」承天幾乎是用吼的。

　　「對方是個電影導演，我跟他同居過好幾年，我們去年分手了。」香之對李敏的咄咄逼人非常不快，但是還是忍著性子說完，「伯母，承天如果覺得我不夠格，我保證不會纏著他；不過能不能交往，我希望是由承天告訴我，我不想接受審訊。對不起，伯母，我先告辭了。」

　　香之起身離開餐桌，拿起包包就往外走。承天對於媽媽的做法很不以為然，只丟下一句：「是我纏著香之不放的，妳不應該對香之那樣！」說著匆忙跑出家門，留下李敏一個人生著悶氣。

第九話 那麼近,卻又那麼遠

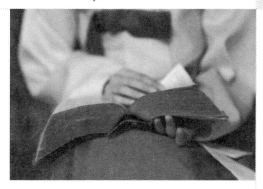

這是浩妍的字典!

這本出現在夢境與催眠畫面中的字典,

竟然真實的出現在眼前!

香之伸出顫抖的手翻開它,

頓時,那一句句彷如用血淚寫下的誓言,

躍入眼簾……

　　浩妍低著頭繡著桔梗，本想逃離家中的她，因爲善直的自殺，被哥哥軟禁在家中。也不發一語，只用日夜不停繡著桔梗的動作來抗拒哥哥的決定。

　　繡著繡著，浩妍的眼淚老是因爲想到佐倉而滴下來。

　　這天，哥哥來到她面前，用溫和的口氣希望能軟化浩妍固執的心意：「對方捎信來說，善直託夢給他媽媽，希望還是娶妳過門；他們家也都保證會好好善待妳……包括妳肚子裡的小孩，所以李家的意思是……」

　　「哥，你知道那是不可能的……」

　　浩妍堅定的回應，讓她哥哥開始發怒：「浩妍，就算妳留在家裡，發生了善直這樣的事，以後妳也不容易找到好人家！」

　　「我的心裡不可能接受任何人，我也不可能嫁給佐倉以外的任何人。」

　　聽完這句話，浩妍的哥哥不理會她苦苦哀求，立刻起身拂袖而去，門「砰」的一聲，再度上鎖起來。

　　內心惶恐不知該如何是好的浩妍，只得望著那本日韓字典，在心理哼唱起那首佐倉最愛的〈遺憾五百年〉。

　　夢境中的悲傷讓香之不知不覺流著淚，沉睡的香之突然表情驚恐，伸出雙手在空中揮舞，似乎想抓住些什麼，承天立刻將香之的手緊緊握住，香之冒著冷汗驚醒。

「做惡夢了？」

接過承天的綠茶，香之才從夢境中回神。經歷不愉快的晚餐後，香之一個人跑去喝酒，直到深夜才回到練團室。

看著香之逐漸溫柔的臉部線條，承天撒嬌的說：「妳知道嗎？我好想跟妳結婚喔。昨晚，我已經跟我爸說了。」

「好啊，如果你現在變出戒指來，我就嫁給你。」香之逗弄著承天。

「真的？」承天睜大眼，露出不可思議的表情，看來挺當真。

不等承天回答，還睡著的香之又沉沉睡去。

眾人在展覽場中幫忙佈置慶友的遺作展。

慶友修長的身型、白皙的肌膚、溫婉的笑容永遠停留在高掛著的巨型海報中，簡直就是個瓷娃娃，宋新看著恍了神。

「LOVE，肉身相隔千里，心靈合而為一……金老師寫得真好。」香之看了看金老師的作品DM，提醒美貞將「LOVE」和「共生」兩個作品放在一起。

看著美貞調整好角度，香之對美貞露出難得的微笑：「妳的品味果然是一流。」

這是香之自從成俊事件後第一次對美貞露出微笑，這微笑讓美貞心裡釋懷多了。

「記得嗎？那就是我們三人。」美貞指著一幅陶版作品對香

之說。

　　這件作品中，三個少女的頭部從整片陶土築成的圍牆中探出來，表情充滿了希望。香之接著說：「那時的慶友說，我們三個永遠要一起望向生命的陽光，所以三個人都要抬著頭。」

　　「沒想到她是最先放棄的那個。」美貞接著說。

　　「從十五歲到二十五歲，所有的回憶都是我們三個人的。」

　　「香之，慶友不在了……可是我們兩人還有機會把以前的友誼找回來嗎？我真的很後悔。」

　　「我實在想不出可以諒解妳的理由，妳……」

　　宋新無意間聽到香之和美貞的對話，靜靜走過來說：「我知道慶友一直希望美貞學姊能到台灣來，讓妳們冰釋這段過去。她說，人都會犯錯，可是我們通常很容易原諒一般人，卻會用最嚴厲的尺度去檢視最親近的人，就像她……用這種方式狠狠懲罰了我……如果妳們還能聽到對方的道歉，何必堅持拒絕這段值得珍惜的友誼？」

　　香之聽完宋新的轉述，認真思索著和美貞的友誼。

　　慶友個展開幕會場，媒體及參觀人潮絡繹不絕，承天陪著智中應付媒體的訪問，香之則用 DV 記錄現場情形，只有宋新一個人安靜的站在角落，默默看著這一切。

　　巧英自從將MEMORIES頂給小田，回台灣後有較長的時間和建之相處，這個下午兩人一路聊天逛著，竟然不知不覺已走到慶

友的開幕會場，建之笑著對巧英說：「我們去找姐姐」

　　建之往展覽會場走，巧英猶豫了一下，她知道智中一定在，就要建之自己進去找香之，她在門口等他。

　　巧英順手拿了會場門口的ＤＭ，一翻開，立刻被智中為「ＬＯＶＥ」作品所做的文字註解給震懾住，愣在原地將它看完。

　　「印刷會讓作品失真，妳應該進去看一看。」送貴賓到門口的智中看到巧英，在她背後突然說著。

　　巧英沒預期會見到智中，心裡有些慌張，立刻轉身想走：「妳以為消失一輩子很容易嗎？」

　　「我說過，那不叫消失，那是……」巧英停下腳步答。

　　「不是消失那是什麼？妳根本不敢面對事實！」

　　巧英有些被激怒，轉身對智中說：「不是不敢，我說過了，我是……不忍。」

　　建之出了會館往咖啡屋走，遠遠望見金老師和阿姨兩人在對談，看來氣氛不是很好，有點好奇，躲在一旁偷聽。

　　「二十年前，我已經了解……愛上一個好人，不等於愛上一個勇敢的人。」

　　「可是，妳難道不相信好人也有可能會變勇敢嗎？」

　　「我不希望你為了我，勉強成為另一種人。」

　　「對，所以妳選擇逃走，對不？就像當初妳發現有了建之，加上李敏到學校找妳，結果妳連休學都不辦就突然搞失蹤。」

　　「你別胡亂說，建之是姊姊的孩子！」巧英說這話時神色不定。

「如果你這麼說，我可不可以自己找建之談，或者要求驗DNA？」

聽完智中的話，巧英的眼淚忍不住掉下來：「請不要逼我，你只想知道故事真相，可是接下來呢？當初戶口造假，還有姊姊和建之的心情……這樣會毀掉我整個家，你懂嗎？」

「對不起，我……只是想彌補建之……」智中發現自己因為心急，已經刺傷巧英脆弱的心靈，也慌了起來。

「太遲了……」

「建之！阿姨呢？」走出展覽場的建之，躲在柱子後聽到一切，直到香之也從展覽會場走出，大聲喊著建之，眼眶紅腫的巧英和凝神不語的智中，才發現建之早就在那兒了。

小酒館裡，智中和巧英默默觀察著不發一語的建之，高夢影和承天配合著耍寶炒熱場子，但似乎徒勞無功，氣壓還是顯得沉重詭異。

沒多久，建中身子微微顫抖的背起包包，低著頭說明天一早要考試就往門口走，既不讓智中送，也不理會香之；最後是宋新抓起鑰匙，往門口追去送他一程。

雨打在車窗玻璃上，映照著建之瘦弱的臉龐，一股深沉的哀傷彷彿透過玻璃外的雨滴落在建之心上。宋新想起自己也曾讓慶友在這樣的雨夜裡有著相同的表情，自責油然而生，說不出任何安慰的話，只是拍拍建之要他快回宿舍休息。

回到練團室的香之答應巧英第二天到學校找建之聊，一掛上

電話，又拿起酒準備要喝，卻被承天一把搶走。

「妳答應過我不會再喝了，還有，這也是妳答應過的……」承天拿起一張拍立得照片，照片裡的香之喝醉睡著，承天將一個用繩子編好的戒指纏在她的手指上。

「趁人之危！不算！」

「不能不算，我已經想清楚了，我有信心我們會一直相愛到死。」

承天邊說邊露出甜蜜的笑容，將戒指套進香之的指間；此時香之卻不由自主的由心裡打了個冷顫，因為眼前的承天，似乎變成了前世的佐倉……

香之依約來看建之，「人長大，沒想到壞習慣也跟著你長大……我至少幫你擦過一千次了。」

香之手上拿著紙巾，正幫建之擦掉胸前的冰淇淋印子。

「因為妳是我姊啊！」建之說著。

「記得小時候，只要身上滴到一點東西，妳就叫我換衣服，最高紀錄是一天換七件，媽老是邊洗衣服邊罵人。」

「對啊！明明是你弄髒衣服，媽怎麼老罵我？」想起童年往事，香之也跟著開心起來。

「可是……妳跟媽媽明明知道我不是尹家的小孩，為何還對我那麼好？」

「你在胡說八道什麼！」

「我沒胡說，昨天，我聽到金老師和阿姨說的話了……」

「你聽到什麼？」香之緊張起來。

「他們的談話，印證了很多我以前就覺得奇怪的事，像是媽媽從小打妳卻不打我、為什麼阿姨總是給我很多零用錢、為什麼我高中畢業，媽媽硬要我回台灣上大學，原來……」

建之將從小到大埋在心裡的疑問全說了出來，然後用祈求的眼神說：「姊，妳跟我說實話好不好？」

看來這祕密似乎是瞞不住了，於是香之只好從阿姨在咖啡屋裡碰巧認識金老師開始說起。

「……到了第二年冬天，爸爸生病住院，阿姨卻在聖誕節前突然回到漢城。有天晚上，我被媽媽罵阿姨的聲音吵醒，醒來的我從門縫中看出去，看見阿姨跪在地上痛哭。媽媽對阿姨說：『要妳讀大學，不是要妳弄出這種事，現在我陪妳回台灣去找那個男人負責。』我聽見阿姨哭著說：『我若要他負責，就不會自己回來了。』接著媽媽說：『那妳打算怎麼辦？妳姊夫的病醫生說沒有希望了，家裡連個可以拿主意的男人都沒有！』……」

建之只是不斷攪拌著手中已經融化的冰淇淋，聽香之繼續說下去。

「媽媽跟親戚借了鄉下的房子讓阿姨住，那年過完新年不久，爸爸走了，辦完喪事，媽媽帶著我到鄉下照顧阿姨，一直到生下你。」

「阿姨既然敢生下我，為什麼又不照顧我？」

「那個年代，未婚生子是件丟臉的事，阿姨的書已經讀不成了，媽媽希望她還能嫁個好人家。何況，媽媽謊報戶口是犯法

的，媽和阿姨怎能讓當初幫他們做假證明的醫生、護士們全部去坐牢？」

「我爸呢？他知道嗎？」

香之搖搖頭，印象中金老師當時來過家裡一趟，不過他也是直到這次建之需要輸血才知道事實真相。

「姊，我曾經很喜歡金老師，那時候知道金老師和阿姨相愛，我還暗自高興；結果……」

「唉，建之，這是大人的事，你別多想……」

「不，姊，我氣的是，我的親生爸爸姓金，親生媽媽姓申，我卻姓尹……我是當事人，可是我卻什麼都不知道。」

「建之，你聽著，不管你姓什麼，我們姊弟的關係都不會改變，知道嗎？如果你還想知道什麼，就去找阿姨，沒那麼複雜的。」香之摸摸建之的頭，就像小時候一樣。

「所以說，承天哥哥是我的哥哥囉？」建之喃喃的說著。

「所以說，建之是我的弟弟囉……」這樣的問題，同時出現在承天口中。

「老爸，還好你兒子我早有心理準備。」邊逗弄著鳥籠裡的鳥，承天回頭問了一句：「可是媽知道嗎？」

智中搖搖頭。

「我們又回到小時候，父子聯手欺騙媽媽。」在這節骨眼，承天還要寶逗著老爸，「不過，話說回來，媽也滿可憐的，每天要擺出森林之王的架式，到最後卻一無所有。」

看到智中沉思的表情，承天決定轉個話題，講點讓老爸開心

的：「我已經決定要跟香之結婚了。」

原以為老爸會笑逐顏開，沒想到智中皺著眉說：「狗狗，我跟你媽就是因為了解不夠才造成今天的局面，你……」

「爸，我和香之真正交往的時間雖然不長，但在我心裡，我們已經相愛了幾個世紀。爸，就像你碰到申姊時，難道不是天雷勾動地火？還有那成俊像幽靈一樣纏著香之，想找香之回漢城拍電影，如果我再度失去她，我一定會死掉。」

在陶藝教室時明顯感受到老爸的反對，回到練團室的承天顯得有些煩躁，但他可不想讓香之發現，還故意對香之說：「我爸過兩天要上山囉，所以我們得趕快。」

「趕快什麼？不過我正好有事要找金伯伯……」

「喔，原來是醜媳婦想見公公啦？沒問題，我來安排！」承天耍嘴皮可是一流，只見香之瞪了他一眼。

「整天就是想著結婚結婚，我是為了建之……唉，不跟你說了，我自己跟老師聯絡。」

建之對自己的身世已經稍能接受，一回到宿舍放下背包，發現書桌上放著一封信，信封上是陌生的字跡，拆開一看，是金老師寫來的。

建之，此刻你讀信的心情，想來跟我寫信的心情一樣複雜。我可以想像你的不安和隨之而來的怨恨。從在醫院裡輸血給你的那一天起，我其實已經明白，你，是我和巧英之間永遠的見證。做為一個失職又軟弱的父親，我完全不知道怎麼去彌補這二十年的空白，只能選擇繼續做著逃兵。

今天，當你站在我的面前，用敏感而驚慌的眼神看著我，我徹底被擊倒了，你母親巧英曾經因為愛我而選擇離開我，也同時選擇了隱藏你身世的祕密；一個錯過，造成了太多遺憾。我還不知道該如何重新開始我們的關係，只希望我還有機會能盡到父親的責任，我更希望你不要責怪你母親巧英；相較於我，她的犧牲，更大，更多，更長久⋯⋯

看完信的建之，眼裡全是淚水；現在的他只想做一件事，就是撥電話給阿姨，不，是他的親生母親——巧英。

一接通，建之用著哽咽的聲音，開口就是二十年來從未對巧英叫出的「媽媽」兩字。瞬間母子兩人隔著電話相認，同時大哭了起來。

趁著智中尚未上山，香之一個人來到陶藝教室，智中正在為準備搬家而整理。

香之說：「金老師，你應該猜到我為什麼要來找您？」話剛說完，香之看到智中手中拿著的字典，頓時前世的影像飛快的出現。

「這字典⋯⋯」香之語塞無法說話，臉色驚惶失色，整個人心神不寧。

這是浩妍的字典！雖然還沒有真的打開，但是香之已經能夠感覺到，字典裡頭有佐倉用紅色筆圈起的日文，一字一字拼湊起來，就是他想對浩妍說的話，他想對浩妍表達的愛。

這本出現在夢境與催眠畫面中的字典，竟然真實的出現在眼前，香之伸出顫抖的手，翻開某一頁，沒想到真的出現了……

這樣的結果讓香之不知道該如何反應，她只能向智中要了瓶啤酒，灌了一大口，好讓自己鎮定下來。

「想不到命運用了各種方法，就為了把我們聚集在一起。」

「也許該來的躲不掉。」香之被現實擊潰了。

「建之……最近好嗎？」

「嗯，我去學校看過他，也將我知道的故事告訴他了。對他而言，所有的一切都被打亂了；我想，他需要時間。」

「嗯，妳比我了解他，我只是想知道自己能做什麼。」

「暫時什麼都別做吧！老師的婚姻還在，如果處理不好，大家都會再度受傷害。」

香之說得含蓄，但也點出事情的癥結，而智中也牽掛著承天的婚事。

「你們真的打算結婚？」

「承天把所有事情都想得太簡單。我考慮的層面比他多，但又不想打擊他……」

智中點點頭，突然問了一句：「妳相不相信前世因果？」

香之對金老師突然冒出的話嚇了一跳。

智中將慶州中藥舖老闆說的故事，約略說了一遍。而香之也將催眠的情境一五一十告訴智中。

智中聽完，神情顯得十分憂愁；他翻開字典最後一頁，拿出護身符和照片說：「催眠時，妳看到的也是這兩個人嗎？」

香之驚恐的表情說明了一切。

那是佐倉與浩妍的合照！香之所有的疑惑從這張照片得到證實，這不是幻影，自己和浩妍長得幾乎一樣，而承天與佐倉也如同一個模子刻出來一樣，這張照片讓香之心裡五味雜陳。

告別智中後，香之手裡緊握著泛黃的照片和字典，耳邊一直迴響老師最後說的那句：「我不是個迷信的人，但狗狗是我的兒子，如果這段戀情是宿命的悲劇，我真希望知道有什麼方式可以保護他……」

淑英從漢城打來催她回去的電話，更是讓香之不知所措，唯一能傾吐的，只有巧英。

「建之打過電話給我，在電話裡……叫了我一聲媽。」

這陣子，巧英的心思被建之佔滿了。

「阿姨，妳該和金老師見面談談的，你們對建之總該有個說法。」

「智中又能做什麼呢？至於我……自己也還沒想好。嗯，承天呢？建之的事有沒有影響到你們？」

「承天沒空想這些，他現在滿腦子只想結婚，可是我覺得結婚怎能這麼草率，我跟他交往才多久。」香之無奈的搖頭。

「結婚只有對不對、適不適合，時間不是問題。」

「就算時間不是問題，我也過不了媽媽那一關，她在電話裡已經把我罵得好慘，媽還是希望我能跟成俊在一起……她一直在催我回漢城。」

成俊在漢城的知名度，以及對淑英的噓寒問暖，這些都讓淑

英覺得香之應該選擇成俊。這些，卻提醒香之一再想起催眠時善直的表情，以及夢中善直的鬼魂對她說過將要展開報仇的話語。

「媽媽是很難接受承天的，因為承天有個讓媽媽討厭的爸爸，我覺得媽媽一旦討厭一個人，印象就很難改變。」

「都是因為我……」

一看到阿姨臉上露出憂鬱的神色，香之趕緊解釋：「不是的，阿姨，不是因為妳，妳別亂想。」

又回到練團室的香之再度接到媽媽從漢城打來的電話，建之打給淑英告訴她，他已知道所有事實真相。

「你知不知道你這樣說媽媽會很難過？」香之想著媽媽在電話裡對她說「我已經要失去建之了」哀怨的語氣，責備建之。

「媽何必擔心，我只是告訴她，我知道真相罷了，我們本來就是一家人，那個金老師已經有了一個兒子，我並不想要加入另外一個陌生的家庭啊。」建之不認為自己做錯什麼。

「可是我記得你說過，很羨慕承天和他爸爸的。」

「羨慕歸羨慕。就算是同一個父親，金承天得到的，不見得我也能得到。」

香之停下腳步，對著建之說：「可是媽……她一點也不這麼樂觀，你懂嗎？媽生病後，身體和精神上都很虛弱，不能接受這樣的打擊……」

離開建之後，香之一個人來到河堤，大口灌著酒，重新思索自己是否應該繼續留在台北。電話裡媽媽的話言猶在耳：「香之，媽媽只剩妳了，快點回來陪陪我……成俊有什麼不好？他還

在等妳啊！不要爲了金承天而放棄成俊啊⋯⋯」

成俊眞的是善直？他爲什麼總是糾纏不清？莫非前世的糾葛眞的移轉到這一世，那麼自己的決定是不是能改變整個因果呢？⋯⋯

慶友個展結束那天，承天趁著幫忙打包作品，盤問宋新：「喂，展覽結束了，接下來呢？」

見宋新不說話，承天下起猛藥逼供：「宋先生，接下來你失業了，你到底知不知道啊？」

宋新什麼話都不說，還是自顧包裝慶友的東西，承天繼續自言自語：「我想了幾個方案，比如說，我們回PUB唱歌，至少MEMORIES的小田一定會收留我們；要不，我去找我外公投資我們的『SCENT OF LOVE』也不錯；再不然叫高大哥把你也簽下來，我們一起主持節目。」

「你很煩耶，管好你自己的事就好了！」宋新提高音量對承天吼，宋新的心情始終好不起來，「對不起！我不想拖累你⋯⋯」

「你說這什麼話啊？我們什麼交情？」承天拍著宋新的背。

「什麼交情？先幫我把這些裝好放車上啦！超級大笨狗！」兩個好友，都爲對方擔憂著。

下午的寵物節目錄影，找來了靈貓PRINCESS上節目。

「據說這隻靈貓可是股市大亨的最愛，牠指點過一個企業老

闆，結果老闆賺了十幾億⋯⋯」

製作人說得煞有其事，承天卻只是噴嚏連連；因為對現在的承天而言，靈不靈不重要，能夠讓他的口袋進帳，早點存夠錢娶香之才最重要。承天不以為然的看著那隻慵懶的靈貓，而靈貓似乎也用著饒富深意的眼神注視著他，讓承天寒毛直豎，趕緊將焦點移往他處。

製作人一看離錄影還有點時間，要靈貓展現一下動力。

貓主人示意靈貓往地毯前站，靈貓果然乖乖聽話。在靈貓面前擺放四種顏色的水晶球，靈貓會用水晶球的顏色表示答案：粉晶代表非常好，紫晶還可以，黃晶是最好不要，綠色是絕對不行。

製作人起哄，幫承天透過貓主人開始發問：「金承天對尹香之好不好？」靈貓的腳爪伸上粉晶，「非常好，太靈了！」高夢影也跟著鼓譟。

「那，另一半對他呢？」靈貓指向紫晶，承天有些尷尬。

「他們結婚會順利、幸福嗎？」高夢影又問，承天想阻止也來不及。

靈貓的眼睛直盯著承天，將爪子緩緩伸向綠色水晶球，眾人當場全都愣住，承天從靈貓的眼神裡似乎看到了強烈的警告意味，整個人被震懾住了⋯⋯

度過心情超不爽的一天，承天回到家就聞到香之身上濃濃的酒臭味。

「有禮物送妳！」承天壓抑著對香之喝酒的不快，拿出珠寶

盒來，想讓自己忘記白天靈貓的詛咒。

　　然而香之像是沒聽見承天的話，只是看著窗外發呆，承天只好拿著項鍊，起身走近香之，從後面將項鍊圍住香之脖子扣上，興高采烈的說：「現在，妳可被我拴住了！」

　　香之臉上沒有喜悅的神情，只是用手緊握著項鍊，轉身對著承天說：「聽我說，我必須回漢城一趟，我媽最近身體很不好。」

　　「那……結婚的事呢？」承天這下急了，慌張的說，「不行啦……妳一回去就不會再回來了。」

　　「怎麼會？」香之希望承天像個大人，「我們的生活不可能只有彼此，我還有很多自己的問題要解決……」

　　「我可以跟妳一起解決啊，我請假，我們一起去漢城。」

　　「隨便就說要請假，這麼不負責任，以後你還能幫我什麼？」

　　承天一聽到香之對他的「評語」，立刻安靜下來，慢慢的說：「原來這就是妳對我的看法？」

　　香之知道剛說的話已收不回來，再說什麼都於事無補，便不再出聲。

　　「因為妳一直認為我是這樣，所以從來不願意為我改變？」

　　「金承天，你看不出來嗎？我已經盡量在改了。這麼多年了，你為什麼腦漿還是跟猴子一樣？」香之看著生悶氣的承天，忍不住也跟著生氣起來。

　　「我最討厭妳這樣說我！這麼多年了，我還是那個被綁在自由落體上的笨蛋，要上要下，自己都沒有決定權！」承天拿起桌上的玩偶，將玩偶丟到沙發上準備走出去，出門前還抱著最後的

希望問香之，「結婚的事我可以一個人來準備，妳只要決定日子就好，七、十三、十八、二十八，妳選哪一天？」

「啊？哪一天？」香之對承天的問話啞然，承天難過的甩門衝了出去，同時將所有的不愉快全怪到那隻靈到極點的爛貓身上……

走出練團室的承天來到慶友家，「砰」一聲踢開大門吼著：「宋新，帶我去兜風！」

沒想到房子裡宋伯伯和宋新正嚴肅的在談話，承天只好尷尬的離開，留下宋新繼續面對他老爸的責難與拷問。

「宋新，我已經耐心等到崔小姐的展覽結束才跟你談這事，公司將來是你的，你什麼時候回來上班？」

宋新不回應，惹得宋父不悅，但是為了勸宋新，還是耐下性子說：「我是為了你好，人只要專心工作，自然會把不愉快的記憶忘掉。」

「不可能，爸，你太不了解我，其實，現在開始我才要一個人面對自己內心的痛苦……」宋新的眼神中，充滿了孤單。

孤單的感覺同時也在承天身上蔓延。承天來到已經清空的陶藝教室，想獨自一個人好好靜一靜。沒想到一打開燈，卻看見老媽一個人坐在角落。

「媽，妳怎麼在這？」

沒想到承天會來的李敏，趕緊用手拭去臉上的淚水。

「房子你爸爸不用了，我打算請仲介公司出租，先過來看看。」李敏趕緊站起來，表現出若無其事的樣子。

「看房子不用開燈喔？」承天只消看一眼，就知道其實老媽心情不好，「媽，妳今天是不是忘了化妝就出門？臉色亂難看的。」

被兒子一說，李敏摸了摸臉頰，告訴承天說要回家，便拖著疲憊的步伐往陶藝教室的大門走去。看著媽媽憔悴的神情，承天不忍的對李敏說：「媽，我陪妳回家去。」

李敏對承天的舉動感到意外，勉強擠出微笑，母子兩人關上門，一同並肩走去。

隔天李敏吩咐廚房做了一桌好菜，兩人安靜的坐著吃飯。

「媽。」

「嗯。」

「媽……」

「有什麼事就說。」李敏維持一貫女強人說話的態度。

「沒事，只是想叫叫妳……」

李敏抬頭露出難得的微笑，承天這時也笑了，有些感慨的說：「我們一家人好久沒有一起吃飯了。」

「誰叫你們父子都把家當旅館！」李敏用冰冷的語調說著。

「媽，別這樣一副小李冰刀的樣子……」看著媽媽掃過的眼神，承天立刻停嘴，過了半晌才又說，「爸對這個家的『辭呈』，妳會批准嗎？」

李敏眉頭一揚，覺得承天根本是探口風來著的，於是對承天說：「承天，媽媽不會認輸，無論什麼事，我都沒有輸過。我要你記得，對不起這個家的人是你爸爸，錯不在我，為何我要接

受？」

聽完媽媽的話，承天心情更煩悶，直接到山上窯場找智中。

「跟兒子嘔氣，故意搬家，以為我找不到你？」

「你顧著談戀愛，哪有空理老爸？」智中的語氣聽起來頗為愉快。

「爸，有件事我想要問你，你可得先答應不准嘲笑我……」承天鬱卒的問，「香之她不想跟我結婚，為什麼我這麼愛她，還是不能感動她？」

「狗狗，每一個人表達愛的方式都不一樣！」智中對香之的想法，心知肚明。

「可是我不相信有人會用拒絕求婚作為愛對方的表示！」

「我想你應該先找出香之不肯結婚的原因，賭氣是不能解決問題的。」智中有些心虛的建議。

帶著老爸的開示，一路上承天不停反覆練習要如何跟香之道歉，沒想到一進練團室，香之的人和行李全不見了，承天完全被打敗了。

「如果前世的恩怨會繼續在這一世牽扯不清，只有選擇離開。」

懷著這樣的想法，香之帶著承天調好的「SCENT OF LOVE」，留下宋新準備交給承天的紙袋，以及一張上面寫著「承天，我們會再見面的」的字條，飛離承天的世界。

「你看，這就是她為你創造的奇蹟。」

成俊指著山坡不遠處，一片紅色的桔梗，在清晨的陽光中綻放著，

兩側的樹上則掛滿了承天娃娃：承天一看，忍不住痛哭失聲。

　　被炮彈擊中的佐倉失去重心的墜入大海，手裡緊握的護身符也因爲逐漸失去力氣而漸漸鬆開，那個繡著桔梗花的護身符離佐倉似乎越來越遠，就像浩妍……

　　或許是心有靈犀，被軟禁在家中的浩妍，在佐倉被擊中的同時間，心口上突然抽痛了一下，隨著佐倉的死去，浩妍也像是失了魂似的，繡著桔梗的針戳進她的手指，鮮血流出，浩妍卻覺得有更大的巨痛即將發生，自己卻無能爲力……

　　自從香之和宋新都不告而別，承天雖然還是照常進棚主持節目，但是只要剩下他一人獨處，整個人就會流露出落寞的神情。製作人和高夢影看在眼裡，習慣了，也就不說什麼。

　　兩個大學生來到攝影棚向製作人報到。其中一個男生有禮貌的說：「我是尹建之……」

　　這三個字一說出口，立刻引起高夢影的注意，一回頭發現果然是建之。

　　承天聽到建之的名字，也從化妝間衝出來。

　　「你姊呢？」

　　「回漢城了。」

　　「回漢城做什麼？結婚？」承天迫切想知道答案，激動的用手抓著建之的肩膀。

　　「我媽媽好像幫她介紹了一個工作……她現在在上班。」

「不告而別、手機換號碼、家裡電話永遠不接,她這樣對我,居然還能安心上班?」承天的口氣裡充滿怨妒。

「我不是我姊,你應該自己問她……」建之不想繼續,轉身離開。

建之走了幾步,承天的聲音出現耳後:「你們家的人,為什麼都可以這麼冷酷、這麼狠?」

建之冷不防的也回應一句:「這是遺傳,沒辦法的事。你們家的人,不也都只顧自己的感覺,不管會不會傷害別人?」

「尹建之,我們家的遺傳怎麼樣,你也少不了一份!」

「對不起,與我無關!」建之冷漠的回答。

智中騎著單車經過一家鄉間的小吃店,突然聽到電視裡傳出承天主持的聲音,於是停下來在門外觀看。節目裡承天努力逗弄著抹了慕絲的小狗說:

「你的頭髮好酷喔,跟我最好的朋友髮型一模一樣耶,喂,你的名字是不是叫宋新啊?」

聽到這句話,智中不由得笑了出來,卻引起店裡一名客人的回頭,智中發現竟然是宋新。

兩人來到山上窯場,智中泡著茶和宋新聊聊近況,才知道宋新去了韓國好一陣子。

「慶友在韓國的作品展終於排進今年秋天的檔期,美貞希望能把台灣幾個特色窯順便放在展覽簡介裡,反正我現在是無業遊

民，就先回這裡拍照。」

智中點點頭，宋新喝了一口茶，立刻問起狗狗的婚姻生活。

「你不知道香之離開了？」宋新吃驚的搖頭。

「狗狗也是該長大了，他跟香之在一起，我不覺得能得到什麼幸福。」智中淡淡的回答讓宋新很驚訝，他決定自己找到承天。

好友終於出現，讓承天的心情好了一些，這天外景，無論製作人要他怎麼配合都行。

山間的外景地，一下車，承天便聞到遠處有熟悉的桔梗花香，於是趁著拍攝其他片段時，一步步往山坡走去。沒想到捧著籠子走在他前方的建之，因為沒有發覺腳下大石頭鬆動，突然一個踉蹌跌倒，正在他附近的承天見狀大叫一聲：「建之，小心！」立刻往建之的方向衝去。

剎那間，承天彷彿化身為了摘桔梗而在山坡上跌倒的佐倉，往山坡下滾落……

接下來承天周圍的混亂嘈雜聲終於漸漸靜下來，承天看到香之對他微笑著，他似乎在水底，手握著護身符，還有，他感覺自己身體異常的疼痛……

「哎喲！」承天感覺自己一直被毆打著，終於痛醒。

「不准亂動。醫生怕你腦震盪，要躺著觀察幾天！」宋新的聲音在耳邊叮唸，讓承天安心許多，他終於知道自己竟已昏迷一天。

看到久未見面的宋新，承天露出高興的表情：「我看到建之

　要跌倒了，然後又看到桔梗花……那花，好像有魔力，想把我吸進去。」

　　「又開始瘋瘋癲癲了！好久沒見，你還是像隻大笨狗！」宋新和躺在病床上的承天，又像以前一樣哈拉著。

　　同在病房守了一夜的李敏顯得有些憔悴，承天催促著她先回家休息。

　　李敏離開後，承天終於可以放心跟宋新敘舊，他從自己的包包裡拿出宋新離去時交給他的紙袋，紙袋裡是厚厚的一疊現金。

　　「婚沒結成，你給的結婚基金當然沒派上用場……這包東西讓我每天提心吊膽，就怕搞丟，壓力亂大的。」

　　「你就……每天帶在身上？」宋新不可置信的看著狗狗，隨後拿起紙袋用力打承天，「我請問你，銀行是幹什麼用的？你真是隻笨狗！」

　　「喂，我不去存是有原因的……背著這包錢，好像背著個希望，感覺你可能明天就會回來，我就能將錢還給你。」

　　聽完這話的宋新狠狠的打了承天一下，眼裡卻充滿感動和對承天的抱歉。

　　「香之剛落跑的時候，日子真的好難過，我常常跑到慶友家，坐在沙發上對著你的面具說話；那時候雖然不知道你在哪裡，但我知道你一定會常常想到我，會隨時關心我。友情讓我有信心，不像愛情。香之只要隨便按個delete鍵，過去的一切就全部消失。」承天神色黯然的喃喃自語。

　　「狗狗，我猜香之一定有她的理由的。」宋新想起金伯伯的

那番話。

「我也曾經這樣告訴自己，可是有什麼理由可以讓她那麼快速改變主意？算了，我現在想通了，愛情像泡沫，只有朋友才是永遠！」承天拍拍宋新，笑著說。

「少來！我敢保證，只要香之一出現，那個癡情的金承天馬上又被附身。」

「我保證不會……」

高夢影託建之將錄影帶、影迷的慰問信和禮物拿去醫院給承天，建之雖然心裡不是很願意，但是承天是因為他而受傷，他只得硬著頭皮出發。

承天病房小推桌上，放了滿桌燉湯和菜餚，還擺放著一些承天 FANS 送來慰問的紙鶴、玩偶和鮮花。

「媽，幹嘛弄那麼多東西來？」

「醫院的伙食根本不像給人吃的，你受傷，應該吃好一點！」李敏平淡的口氣中還是不失威嚴勢利。

承天正想示意一旁的宋新幫忙吃，沒想到此時病房門開了。

「金伯伯……」宋新見到是智中，連忙站起身。

李敏見到智中臉色如冰，智中只好對著承天說：「我看到你節目代班的主持人說，才知道你摔傷了……」

「老爸，我好多了，等一下公司要送錄影帶來，跟我一起看，聽說我連摔傷的鏡頭都很帥。」見氣氛沉重，承天只好要寶。

這時又有人敲門，宋新開門發現站在門口的是建之。

　　建之發現病房裡除了承天和宋新，還有智中，於是快速將物品交給承天，說了句：「高大哥臨時有重要的事不能來，他叫我送錄影帶給你，還有這一包東西。」說完就轉身準備離去。

　　「建之……你沒看見我爸嗎？」

　　「呃，金老師好。」建之低著頭，不敢正視智中。

　　「建之……你……好嗎？」

　　兩人的對話引來李敏的狐疑，承天見狀，立刻向李敏介紹建之是節目裡的實習生。

　　「實習生？怎會認得智中，又認得宋新？」

　　建之看著智中又看著承天說：「金老師是我的……救命恩人。」

　　此刻李敏臉上的疑問越來越多，宋新連忙幫腔說：「阿姨，我和狗狗在 PUB 唱歌的時候，有一次混混來找麻煩……」

　　「PUB？MEMORIES？」

　　完了，承天發現越扯只會讓事情越來越糟，於是對宋新使個眼色說：「我記得好像不是在 MEMORIES 吧……」

　　這些全讓李敏看在眼裡，智中深怕場面越來越難收拾，乾脆說個清楚：「就是在 MEMORIES PUB，那天混混打人，建之因為保護我所以受傷。」

　　「可是他剛才明明說，你是他的救命恩人？」李敏越發覺得大家有事瞞她。

　　「那次我受傷，金老師到醫院輸血給我。」

　　「為什麼是智中輸血給你？」李敏更加起疑，於是用凌厲的

眼光，掃過在場的每一個人。

「我懂了，你是 RH 陰性血型？」李敏刻意用和善的口吻問著不知所措的建之。

建之點點頭。

「你叫什麼名字？」

「尹建之。」

建之一說完，李敏立刻聯想說：「尹建之？……那尹香之是你姊姊！」

頓時李敏像發了瘋似的抓起皮包，狠狠瞪著智中說：「我懂了，我想我全都懂了，我全都明白了！金智中！」然後頭也不回的走出門去。

一場風暴似乎暫時止歇，當病房只剩下承天和宋新時，承天拿起遙控器準備看高夢影送來的娛樂新聞錄影帶。

「可惡，居然沒把我受傷當成頭條處理！」承天碎碎唸著，宋新不以為然的快轉，急著想找承天的畫面。

「等等……這不是香之嗎？」

宋新要承天將畫面倒轉，那段影片是成俊和香之在海洋館的畫面，畫面左邊寫著「獨家畫面——韓國名導演朴成俊偕新女友祕訪台灣」，承天瞪著螢幕，整個人傻眼，宋新立刻按下暫停鍵。

「你說你已經戒掉香之了。」宋新擔心承天承受不了。

「戒是戒了，可是她也不能這樣對我啊……」果然，承天又傷心了。

成俊接受一家雜誌社事先約好的早餐採訪，除了談電影，還

打算好好將「製片」香之介紹給編輯認識。香之一臉酒氣的進餐廳，開口又是要啤酒，一面喝一面聽著成俊接受採訪。

「您剛剛說到拍美人魚電影，是為了圓夢？」編輯繼續對成俊發問。

「是的，我看過一個卡通片，裡面說到，人魚是一種自視甚高，獨佔慾又強的生物，只要嘗過愛的滋味，就會想盡辦法把對方吃掉；在感情上，我也好像有這傾向……」

香之耳裡聽著成俊說話，眼神卻落在窗外的某一點，不小心就讓思緒飄到前世，那前世裡的善直，不也是這樣的人嗎？善直發狠的說過，他永遠不會善罷甘休的……

做完採訪，成俊和香之在編輯的帶領下，來到練團室附近的小公園補拍照片。

走在住了好一陣子的道路上，香之看著景物依舊，卻發現練團室門上貼著出租的紅單子。站在門前的香之發愣著，突然大門打開，是宋新。

「香之？」

香之見到宋新，低下頭顯得有些不自在。成俊隨後跟上來打招呼；宋新對著他們兩人說：「昨天還和狗狗在看你們兩個人的新聞……呵呵，真巧。」

看著後面幾個攝影正在等，宋新連忙說：「不妨礙你們工作，我先去醫院照顧承天了。」

「承天……他生病了？」

「是受傷，出外景時滑到山谷下去。」

香之只是淡淡的要宋新替她問聲好,看著香之和成俊離去的宋新,決心替狗狗做點事,於是來到 MEMORIES 找小田要巧英的電話,小田正在猶豫時,卻見巧英來到 PUB 裡。

「怎麼忽然想到要找我?」

「其實我想找的人是香之,我知道她在台灣,我今天碰到她。」

「這是我家的電話,香之現在住我家。」巧英在餐巾紙上寫下號碼然後交給宋新。

宋新手裡握著電話號碼,如釋重負的吐了口大氣說:「香之住申姊家?那就好,那就好。」

「什麼叫那就好?」巧英疑惑著問。

「沒事,沒事……申姊妳約了人嗎?」宋新的眼神看著走進來的智中說。

申姊隨著宋新眼光看過去,大家全愣住。

「嘿嘿,不知道今天是什麼大日子,全來這裡集合,我還有事先走了。」宋新一說完,對巧英說聲謝謝,立刻閃人離開,留下智中和巧英。

智中和巧英沉默許久,直到客人全部散去。

智中緩緩的開口說:「我們終於又見面了。」

「嗯,該讓小田打烊了……」

「妳沒有什麼想跟我說的?」

巧英搖搖頭,不知該說什麼,過了好一會,巧英有些語重心長的吐出幾個字:「不管什麼結局,都會有人遺憾……」

「妳從來都不願意耐心等到封窯的那一刻……爲什麼不能將感情當成做陶？不管創作的過程多漫長，最後燒出來的成品就是妳的……」

「我不希望看到自己努力到最後……竟是一個失敗的作品。」

「就算失敗，那也是眞正屬於妳的作品，不是嗎？」智中嘆了口氣，「前幾天我碰到建之，見到他，明明知道他是我的創作，卻還是要裝得若無其事，只因爲我答應過他的母親，只因爲他的母親不敢面對現實。」

「我說過我不想爲難任何人。」

巧英經智中這麼一說，想起建之曾對她說過的話：「比起金老師，金承天勇敢多了。」「妳……不該喜歡那種男人的。」原來自己的決定是讓建之不喜歡智中的主要原因。

「我多想保護自己的兒子……我可能不是好丈夫、好情人，但是好爸爸卻一直是我很自信的角色。」智中用肯定的眼神想讓巧英了解。

巧英點頭表示知道後，思慮許久，最後握住智中的手：「我會讓建之知道他的爸爸是怎樣的人。」

宋新拿到電話，立刻約了香之見面，兩人坐在河岸旁，看著河岸上的風景。

「還有三天就一年了……」宋新將花瓣丟入河中送給慶友。

「我夢到過慶友，夢裡的她很開心。」香之希望這句話能沖走宋新的感傷。

「是嗎？我都沒夢過慶友，我知道她還在恨我，才不肯讓我夢見她。」

「爲什麼找我出來？」

「香之學姊，現在的狗狗像隻喪家之犬，就算跟我笑，也是有氣無力的，妳若看到了一定很不忍心。」

「我相信時間會治療一切。」香之面無表情的說。

「爲什麼妳和金伯伯都說同樣的話？」宋新對這答案有些氣惱。

「因爲我就是承天的災難，所以我不能接近他。你絕對不希望他遭遇不幸對不對？不要再問我了。」

說完話，香之把頭埋在膝蓋中間，再也不願多說什麼。

宋新發了慶友週年忌日追思會的通知給承天和香之。

承天跟醫院請了四小時的假外出參加慶友的三週年追思會。智中扶起病床上的承天，蹲下來幫狗狗穿上鞋子，一面說著：「都快二十年沒幫你穿過鞋⋯⋯」接著拿起承天的包包，幫他掛在背上，父子倆很有默契的對看了一下，最後笑了起來。

「好像回到小學一年級，媽的司機在外面等，爸爸幫我穿衣服、拿書包⋯⋯」

「說到你媽，我跟她約了等會兒見面。」

雖然不知道他們要談些什麼，不過準備出發去陶博館的承天還是語重心長的說：「爸，好好跟媽談，這一年我發覺媽媽變了

很多。」

　　正與製片公司開會的香之，臉色蒼白的幾近昏倒，成俊看到每下愈況的香之，擔心的要送她去醫院，但香之只是搖搖頭說沒事，便往化妝室裡跑。

　　過了許久，成俊始終沒見到香之回到座位，於是暫停會議，來到洗手間。

　　「香之？妳在裡面嗎？」成俊敲敲門，沒人回應，一推門進去，卻看到香之痛苦的蹲在地上。

　　「送我去慶友的追思會……」即使香之再怎麼不舒服，她還是要去參加慶友的追思會。她使盡全力扶著水槽緩緩站起來，看著鏡中的自己，蒼白的臉龐宛如失去生命的桔梗。

　　承天一拐一拐的走到陶博館的門口，卻看到門口立著「本日休館」的牌子。怎會這樣？明明宋新就說是這裡？承天正想撥電話問清楚，空氣中卻傳來熟悉的香味，承天整個人呆在原地，轉頭，許久未見的香之正朝他迎面走來。

　　「宋新說你在醫院。你的傷好點沒？」即使已經很不舒服，香之還是在承天面前若無其事。

　　「什麼傷都不會像內傷那麼痛，什麼人也不會像妳傷我傷得那麼深！」承天的語氣仍充滿怨恨。

　　這時香之突然覺得眼前一陣昏眩，趕緊扶著牆壁勉強站住。

　　「妳男朋友呢？沒陪妳來？很好啊，新戀情，舊情人，好動

人的電影題材！」粗心的承天還沒有發現香之已經快昏倒了。

「承天……」香之有氣無力的叫著。

「給我一個理由，請妳給我一個原諒妳的理由啊！」

「沒有理由，就只是覺得我不能再愛你了。」香之痛苦的硬撐著說。

「很好，這理由很好。」香之在此時「砰」一聲不支倒地，領口掉出承天送她的項鍊，承天想上前扶她，眼睛卻先被那條項鍊吸引，「妳說妳不愛我，為什麼還把它帶在身上？」

此時搭計程車趕到的成俊，見倒在地上的香之，立刻衝過來將她抱在懷裡。承天眼睜睜看著他快步將香之抱上車離去。

急診室的香之呈現昏迷狀態，微閉的嘴角經過急救還是滲著鮮血，不規律的急促呼吸讓醫生覺得情況危急，一旁的成俊不停的看著病床上的香之，那張蒼白的面容在燈光映照下更顯憔悴。

相約在咖啡屋的智中和李敏，對坐了好幾個小時，始終無言以對。

智中端詳著手中的骨瓷咖啡杯，終於開口說話了：「妳懷狗狗的時候，不准我玩陶土，妳說胎教很重要，如果整天跟泥土為伍，絕對生不出像骨瓷那麼細緻的女孩兒。結果遺傳還是勝過胎教，狗狗跟妳的期望差太多。」

李敏沒說話，停了一會冷冷的說：「承天不是最叫我失望的

……」說著抬頭定睛看著智中。

「約我來這,你到底想要說什麼?」李敏有些不耐煩。

這時智中的手機響了,醫院通知承天還沒有回病房報到,李敏一聽生氣的埋怨說:「你就是太縱容承天……」

「今天狗狗是去參加慶友的紀念會,不過應該早結束了……我去找他,妳先到醫院去等。」

聽完智中的話,李敏拎著包包悻悻然離去。

在病房裡一直沒見著承天回來的李敏,決定下樓去喝杯咖啡。

坐在咖啡屋裡,李敏似乎聽見巧英和建之的聲音從不遠處傳來,透過大型盆栽,果然看見他們坐在另一頭說話。

「金承天也住在醫院。」

「你怎麼知道?」巧英驚訝,於是追問建之。

「前幾天,我在金承天的病房裡遇到了金老師,還有金老師的太太;那天金老師連跟我打招呼都很害怕的樣子,他真懦弱!說什麼要彌補要負責任,都是隨便說說的。」

李敏敏感的認為建之說的話必有玄機,於是靠得更近繼續聽他們的對話。

「建之,你錯了,他不是你所想的那種人。」

「是嗎?為什麼經過去年那件事情,大家還是當作什麼事都沒發生?我見到妳都要猶豫該叫什麼,是阿姨,還是……媽?」

聽到這裡,李敏臉上浮現震驚的表情。

「雖然金老師寫了封信給我,但是接下來呢?他就跟空氣一

樣消失了⋯⋯你們都當我是沒有感覺的人，什麼事都不必考慮我。」建之越說越氣餒。

「建之，是我對不起你，當初控制不了自己的感情，才有了你。但這麼多年，我一直努力在控制自己，不要繼續做一個破壞者。我比誰都不想看到今天的局面。」

巧英仔細讀著建之臉上的表情說：「其實，智中很擔心你的感受。」

「算了，我不在乎了，回病房看香之姊吧。」建之一說完立刻站起來，巧英也只好無奈的跟著站起來，兩人經過李敏身旁時，李敏趕緊裝著若無其事低頭用餐，沒想到桌上的手機突然一響，建之和巧英同時都看到李敏，巧英趕緊帶著建之離開咖啡屋⋯⋯

「穿著這麼重的鐵架還能在外面混這麼久？」智中幫剛回到病房的承天脫下外衣，露出身上的支撐架。

「爸，我又碰到香之了。」承天失魂落魄的。

「香之還好吧？」原本正在幫承天穿病人服的智中，手停了下來。

承天將香之突然昏倒，成俊帶她走的事全告訴了智中。

「爸，我真的不懂，人怎會這樣呢？愛、分手、又愛、又分手⋯⋯」

「喂，狗狗，你可別想不開！」智中擔心承天的心情。

「我才不會！誰叫我有一個這麼愛我的爸爸，還好我的老爸從來不會背叛我。」

　　李敏拖著疲累身軀回到家，想著巧英和建之在餐廳的對話，覺得整個人累癱了。突然間屋內傳來陣陣嬰兒哭聲，李敏望著房間大門，此時以恩突然抱著嬰兒走出房門，開口叫了聲「乾媽」。

　　「這……誰的baby？」李敏盯著小嬰兒看。

　　「我的啊。」

　　「妳……結婚啦？」

　　以恩搖搖頭說：「誰規定只有結婚才能生小孩？怎麼乾媽和我爸媽都一樣，老古板。」

　　「孩子的爸爸是……」李敏還是一頭霧水。

　　「宋新。」

　　「宋新？他還不知道吧？」對著突如其來的答案，李敏瞪著大眼睛。

　　「到了澳洲才發現已經懷孕了，我想這一定是上帝想教訓我，就決定生下他。」

　　「那妳打算……要宋新認妳和小孩？」

　　以恩搖搖頭說：「我打算將小孩交給宋新，至於我，現在交了個男朋友，我不打算讓對方知道。」

　　對李敏而言，今天先是接受建之是巧英的小孩這個令人震驚的消息，接著又是以恩生下宋新的小孩；李敏對這一切只覺得荒唐，面色凝重不發一語。

　　「承天哥哥呢？這幾天不會碰到吧？」

　　「唉，承天做節目受傷，這幾天住在醫院裡，不會回家。」

　　第二天，以恩來到醫院門口想進去看看承天，卻發覺自己實

在沒有勇氣，於是要司機掉頭離開，只是打通電話要花店送束桔梗到「717」病房給承天。

同一時間，巧英也逛到同一家花店，訂了一束野薑花，要花店送到「617」病房給香之，希望她的病情趕緊好起來。

急救後醒過來的香之還是不停劇咳，成俊拿水給她喝後，終於稍微舒服點。

清醒的香之第一件事就是摸著自己的口袋，摸不到項鍊的她眼神中帶著焦急，成俊意會的從抽屜中取出項鍊，讓香之握在手中，香之才露出安心的表情沉沉睡去。

承天趴在病床上看著研究香水的書，護士敲門進來，手上拿著一束野薑花。

「金承天，又有人送花給你。」護士將花擺在小桌子上，然後故作沒事問，「你一個人啊？那個帥哥沒來陪你？」

承天聽得出護士話中含義，於是故意調皮：「原來妳是來找帥哥的喔？他今天不會來，有韓國朋友來。」

護士失望的關上門離開，承天隨手將花扳過來，抽出裡頭的小卡片看了看，上頭寫著「617」，承天嘟著嘴說：「根本存心來看宋新，這哪是給我的花啊？」

而香之的房間裡則送來一束本來應該是送給承天的桔梗，香之躺在床上看著桔梗，閉上眼彷彿看到承天在山中巨石上頭畫著的花。

想將花還給主人的承天來到「617」門口，敲著門，閉眼的香之並沒有聽見，然而承天的鼻子似乎聞到一股熟悉的桔梗氣

味，輕輕推開門，果真看到一盆桔梗正生氣蓬勃的綻放著，而在病床上的竟是香之。香之聽到聲響睜開眼，一眼就望見承天站在眼前。

「這……大概是妳的花……花店送錯了。」

香之臉上浮現虛弱的微笑。

「我們注定會再見，我相信生命自然有他的安排。」承天走到香之身旁，忍不住伸出手撫摸著香之的頭髮，沒想到此時成俊正好推門進來。

「金承天，你來幹嘛？」看著承天穿著病人服，成俊疑惑的說，「這麼巧？你也住院？」

「嗯，就是這麼巧，我已經住了好多天。」

「香之，醫生說這種藥水可以減緩食道的緊繃感，來，嘴巴張開。」成俊細心的用滴管把幾滴藥水滴入香之口中，剛滴入一口，香之的眉頭立刻皺起來，承天看著兩人，心中很酸楚。

香之疲累的閉上眼睛，成俊告訴承天說：「香之食道出血，危險期才剛過。」

「一定是酒喝太多了，如果她生活很幸福，怎麼會喝那麼多酒？」承天故意用話諷刺成俊，臨走前還故意提高音量說給香之聽，「我就住樓上骨科717病房。」

閉著眼的香之手裡緊握著承天送她的項鍊假裝睡著，而當承天一離開，香之的眼淚立刻不聽使喚的從眼角流出來。

回到病房的承天趴在地板上。李敏開門進來，嚇了一跳，對著地上的承天大喊：「承天，你怎麼從床上掉下來了？快起來

啊！」

「噓……媽，我在感受樓下的香氣。」承天閉上眼繼續專心往香之房間聞，希望能聞到多一點屬於香之的氣味。

李敏可不管這套，硬是將承天往床上拉，並且說：「我都要去上海了，你還這麼讓我不放心！」

承天只好不情願的躺回床上，「媽，妳真的要一個人去上海？妳打算留我一個人在台北啊？」

「都快三十歲了，還這樣說話，真是跟你爸一個模樣。」

「我跟爸才不一樣，爸是被妳馴養的動物，內心狂野，卻只能裝乖。」

「被馴養的動物？」

「沒啦……」承天深怕老媽又要生氣，立刻閉嘴。

「你還是睡吧，我走了……對了，以恩從澳洲回來了。」

「別跟她說我在這，我可不想見到她。」

「以恩生了個孩子……」

「哈，那恭喜她，誰那麼勇敢，敢跟她生啊？」承天幸災樂禍起來。

「沒教養。」李敏深呼吸一口，然後緩緩說，「孩子是宋新的，所以我先跟你說一聲。」李敏說完就離開病房。

聽完老媽的話，承天立刻打電話給宋新一個「朋友」，再請小田約宋新在 Pub 見面。

「宋新，我……我想跟你說件事……那個王以恩在台灣……」承天結結巴巴的說。

「提她幹嘛？我不想聽到這個人的名字！」宋新口氣不佳的回應。

「宋新，你聽我說，我媽說她回台灣是爲了找你。」

「找我？……」宋新才剛說完，以恩已經出現在 MEMORIES 門口，「狗狗，她眞的出現了，我要走了。」

「小田，我先閃了。」宋新抓起包包準備衝出 PUB，眼尖的以恩看見宋新，也立刻追了出去，沒想到以恩還是衝到他面前。

「宋新！我是專程爲你回來的。」

「我們已經毫無瓜葛了。」宋新把以恩的手甩開。

「我也希望，可惜老天不這麼安排。」

「妳到底想怎樣？」無法上車的宋新只好快步走著。

「我……我要把你的兒子還給你。」

「兒子？」宋新不可置信的說。

「對，你的兒子。」

連著兩天聞不到香之的氣味，加上傷勢已漸漸好轉，承天決定提前出院。

趁著宋新正在幫忙辦理出院手續，承天來到香之的病房門口，猶豫了一會決定推開門，放眼所見除了快凋謝的桔梗花外，空無一物。經過走廊的護士隨後探頭進來，承天問了問：「住在這裡的小姐呢？」

「昨天出院了。」

「她復元了？」

「不，她堅持不肯再住下去。」

承天心裡滿是疑問，為何不肯？難道是因為不想跟自己住在同一所醫院嗎？

這時李敏特意趕在承天回家前，先和智中攤牌。

「我想跟你把話說清楚。」李敏將手中的咖啡放下，一如往例的嚴肅口吻，讓在一旁逗弄小鳥的智中不得不放下鳥籠坐了下來。

「我的上海分公司下個月成立，往後我會花三分之二的時間在那邊。」

「妳一個人？」

「不然呢？」李敏覺得智中的話有些可笑，「我決定……放你自由，你可以結束你的逃亡了。」

「我沒有逃亡，我只是喜歡山上生活，所以上山去。」

「那天承天點醒了我，我倒想知道被馴養過的動物，一旦放回森林，還會有生存的本領嗎？我等著看。」李敏冷冷的看著智中，智中有些驚訝李敏的改變。「是我要跟你離婚的，我是贏家！」李敏盛氣凌人的強調：「我唯一的條件是你必須回台北，讓承天隨時有家可回。」

「妳為什麼每件事都想著要贏？感情本來就沒有輸贏！」

「搞清楚，這不是輸贏，是我不想玩了。」李敏背對智中，掩飾心中的難過。

「我問你，你打算怎麼處置那女人……還有那女人的孩子？」

　　智中驚訝的眼神看在李敏眼裡，她只輕描淡寫的說：「不需要用那種眼光看我，這世界上，只要我想知道的事情都逃不過我的眼睛……算了，不管這些，我找丁律師跟你談，我還有事。」說完迅速拎著包包，頭也不回的走出去。

　　出院的香之回到巧英家，她堅持要將電影劇本修改完成。挺著一個虛弱的身子修改劇本，在夜裡輕聲的讀著：「人魚的下半身，逐漸披滿了鱗片，一點點失去知覺；流著淚的人魚，絕望的歌聲，在月光下分外淒涼，人魚唱著：相聚只爲了要和你分別。」

　　看著走進房裡的成俊，香之說：「這個故事實在很好，可是結局我不喜歡。如果是我，我會安排讓人魚孤單的死在海灘上。」

　　成俊默默盯著香之，不知道該說什麼，只見香之抬起頭說：「成俊，我希望我有足夠的時間幫你完成這部電影。」

　　成俊的心裡充滿苦楚的心酸。

　　智中和承天一同打掃著新家，身旁則是熟睡中的嬰兒。

　　「爸，我眞苦命，這種粗重的工作，你就捨不得讓建之來做。還有，你看，那小傢伙，宋新整天都丟給我做奶爸。」

　　說著說著，承天看到放在桌上的打樣，是智中陶藝個展的海報，主題還是老掉牙的「LOVE」。

　　「爸，你超沒創意的，這次展覽的不全是在平叔叔那兒的新作嗎？怎麼還是用這個當主角？」

　　「我有我的想法，我想還給巧英一個主角的位置。」

「爸，你要回學校教書、準備開展覽，還準備開新的陶藝教室。這麼拚，是不是打算跟申姊結婚啊？」

承天幫智中把書籍歸位，忽然發現一本日韓字典。這字典好熟悉……這好像是曾經出現夢中的那本字典？老爸怎會有？

承天翻開字典，掉出那張佐倉和浩妍的合照，以及一封香之從漢城寄給智中的信。這張照片已經夠讓承天震撼了，沒想到一打開香之寫的信，更是讓承天感到晴天霹靂。

「金老師，我已經平安回到漢城，也決定不再跟承天聯絡，您可以放心……」

承天的手不停的抖著，回頭看見老爸，不可置信的回頭說：「爸，這究竟是怎麼回事？你告訴我啊！」

「因為我相信人有前世，所以我不能用兒子的生命做賭注。你的夢和香之的催眠結果，讓我相信你們的前世正在對你們做警告，我不能不管。」

智中的說法並不能讓承天好過，承天頹喪的找到宋新。

「老爸沒有權利這樣做！」

「狗狗，我似乎可以了解香之和你爸為何要這麼做，他們怕你受到傷害。」

「從出院開始，香之好像就這麼消失在地球上了……我一定要找到她！」

「你為什麼不去問問成俊？」

陶博館的會場，建之正幫著智中佈置作品，建之手中拿著

「LOVE」說：「爸爸，這個應該擺在入口的地方，對不對？」

智中笑了笑點頭說對，將兩個碗擺在一起。

「好不容易才能完整呈現的『LOVE』，這樣才對。」建之開心的笑了起來，智中則摟著他。

建之離開沒多久，巧英走進展覽會場。

「建之呢？說要找我吃飯又不見人影？」

「沒關係，有我陪妳啊。」

巧英笑笑，看到「LOVE」心裡充滿感觸的說：「每次看到它，都還是那麼感動。」

「狗狗笑我沒有創意，永遠搬老掉牙的作品出來展。他不懂，這是我投注最多感情的作品。」智中凝視作品繼續說，「那感情，被揉在陶土裡，成型、窯燒，一直保存到現在，從來沒有減少過。」

這時智中突然轉過身對巧英說：「我很想跟妳一起生活，妳願意嗎？」

巧英只是看著智中，智中開始有些侷促不安。

只見巧英微笑的說：「金先生，你好像……搶了我想要講的台詞。」

兩人燦爛的相視而笑。

承天找到成俊，相約在黃昏的海邊，一見面，成俊便拿出香之託他轉交的香水。

「她說，項鍊留給她，香水留給你。」

「怎麼會變成這樣？」承天手裡握著香水，對著一波波海水吶喊。

「我不知道該怎麼跟你開口，所以一直無法主動約你。」

「香之到底在哪裡？」承天繼續對著大海吶喊著。

「我也很想知道她現在過得好不好⋯⋯」成俊仰望天空喃喃的說著。

「那次住院，醫生對香之的檢查結果很不樂觀，她因為肝靜脈壓力過高，造成食道靜脈曲張，引發大量出血；真正的病症，是肝硬化併發肝癌⋯⋯」聽完成俊的描述，承天吃驚的看著成俊。

「她是B型肝炎帶原者，加上有酗酒習慣，導致肝功能急速惡化，醫生不建議開刀，因為就算開刀最多也只能撐六個月。

「我將病情轉述給香之知道，有天晚上，她突然緊握著項鍊，眼睛全是淚水的叫醒我，對我說她要出院。她說，我可以感覺到承天的呼吸，只要感覺到他在周圍，她就沒辦法平靜下來⋯⋯⋯⋯」

承天恍然大悟想起，自己整夜貼著地板想感受香之氣息的存在的那個晚上，香之和他果然心靈相通⋯⋯

「出院後，香之不願回韓國，我幫他在靠海的山坡上租了間房子。」

成俊帶著承天步伐緩慢的往房子走。一面對承天說：

「香之買了很多種子，每天都在山坡上鏟土、種花、澆水，

有時太陽很烈，她會不舒服，但是休息一下還是繼續工作，看著自己忙過一天，就會很欣慰的在樹上掛上一個娃娃。

「我好嫉妒你，那段日子你可以跟香之生活在一起。」承天嘆了一口氣說。

「你錯了，該嫉妒的人是我，你佔據了她全部的心。」

「香之告訴我，你說過，只要付出的夠多，花或者愛情都可能變成你期望的顏色，她從來不相信的，可是因為快死了，她希望藉由她的努力讓奇蹟出現。」

「你看，這就是她為你創造的奇蹟。」成俊指著山坡不遠處，一片紅色的桔梗，在清晨的陽光中綻放著。兩側的樹上則掛滿了娃娃，是多年以前，承天在樂天世界為香之掛起的娃娃。

「那天我找不到香之，最後在這裡……看見她倒臥在花叢中，嘴角湧出鮮血，找到她後，我才明白，金承天，你就是她的奇蹟。」

承天看著一片紅色桔梗，想起兩人在慶州的對話：「桔梗花代表真誠的愛，如果是紅色的，那就代表真誠而且永不改變的愛。只要付出的夠多，我相信，花或者愛情都可能變成你所期望的！」

香之終究用紅色桔梗，告訴承天她的付出。

承天坐在工作台上整理香精瓶，往展示區探頭一看，正巧看見一個穿著紗裙的小女孩走了進來，她什麼都不看，就是盯著陳

列櫃中的「SCENT OF LOVE」。

　　小女孩用清澈的眼睛看著承天，承天不由自主的拿了瓶「SCENT OF LOVE」給小女孩，同時他聞到小女孩身上有股特殊的香味。

　　「有人說過妳身上有股很特別的味道嗎？」

　　「只・有・你・唷！這是祕密。」小女孩的眼睛閃著承天再熟悉不過的神采，拿著香水，她跑到屋外，突然間消逝不見了。

　　就像被催眠般的看著這一切發生，承天忽然醒過來似的說：「宋新，那個買香水的小女孩呢？她沒付錢。」

　　「你大白天見鬼啊？哪有人進來啊？」正在屋外和客人說話的宋新壓根沒看見什麼小女孩。

　　然而架上的香水位置卻真的空了，承天想了想，終於明白一切，此時似乎聽見天空中有個聲音正在對他說：「承天，我們會再見面的。」

　　承天也微笑的對著天空回應說：「是的，香之，我們會再見面的。」

　　桔梗的香味一如往日，飄散在空中……

001 成長是唯一的希望　　　　　　　　　◎吳淡如　定價200元

吳淡如第一本自我成長的私密散文，每一次都勇敢打破別人說的不可能！

002 魔法薩克斯風　　　　　　　　　　　　◎高培華　定價250元

高培華第一本成長故事，人的一輩子都必須認真地做一件事，勇敢不退縮，就會有快樂
和成就。薇薇夫人、陳樂融、黃子佼聯合推薦

003 玩出真感情　　　　　　　　　　　　　◎曾　玲　定價180元

曾玲的度假小故事，讓你看了喜歡、讀了感動；她為你開啟一扇不同視野的度假指南。
你從來不知道可以這樣度假。旅遊名作家褚士瑩真情推薦

004 吃最幸福　　　　　　　　　　　　　　◎梁幼祥　定價199元

62家名店美食指南，豐富導引，梁幼祥真情推薦，26道名菜食譜，彩色照片，簡單作
法，人人皆可成為幸福料理人。亞都飯店總裁嚴長壽幸福推薦

005 真情故事　　　　　　　　　　　　　　◎黃友玲　定價170元

黃友玲的真情故事每一篇都是一顆閃亮的星星，是你人生的最佳方向盤！

006 紅膠囊的悲傷1號　　　　　　　　　　◎紅膠囊　定價160元

自由時報花編心聞【L頻道】專欄，圖文書旗手紅膠囊第一本作品。知名漫畫家尤俠、
名作家彭樹君、自由時報主編盧郁佳、可樂王強力推薦

007 溫柔雙城記　　　　　　　　　　　　　◎張曼娟　定價180元

本書完整呈現張曼娟的千種風情與生活體悟，是一本你不能錯過的精緻生活散文。

008 小迷糊闖海關　　　　　　　　　　　　◎曾　玲　定價180元

這是一本關於航海故事的書，篇篇精采絕倫，冒險刺激、顛覆秩序的海上生活，等你來
書中體驗，挑戰趣味！

009 再忙也要去旅行──旅遊英文OK繃　　◎鄭開來　特價199元

千萬不要放棄給自己一個長假，隨書附贈實用旅遊英文OK繃+CD，為你的英文隨時補
充能量，一切OK! No problem!

010 人生踢踏踩　　　　　　　　　　　　　◎李　昕　定價170元

百萬牙醫完整記錄自己人生轉折的心路歷程，李昕與你共勉──人生永遠來得及重新開
始！

011 願意冒險　　　　　　　　　　　　　　◎吳淡如　定價200元

吳淡如記錄生活裡的冒險旅程，每一篇都散發著酸甜苦辣的勇往直前。她做得到你也做
得到。

012 旋轉花木馬　　　　　　　　　　　　　◎可樂王　定價180元

台灣版的《狗臉的歲月》可樂王自編自導自演。蔡康永、彭樹君等人聯合推薦

013 紅膠囊的悲傷 2 號　　　　　　　　　　◎紅膠囊　定價180元

醃製悲傷的高手，收集紅膠囊你千萬不能錯失的最佳圖文讀物。

014 勇敢愛自己　　　　　　　　　　　　　◎洪雪珍　定價180元

一本為你找回生命節奏、激勵勇氣性格的生活隨身書，讓你重新發現自己！

015 大腳丫驚險記　　　　　　　　　　　　◎曾　玲　定價180元

曾玲十八般武藝教你在野地裡一樣可以烤五花肉、搖搖雞，教你做竹筒飯、汽水飯、海
苔比薩，現代人的野趣與冒險全在這裡。

016 這個媽媽很霹靂　　　　　　　　　　　◎李　昕　定價180元

李昕從小就是叛逆少女，後來成為霹靂媽媽。懂得如何與孩子談性、談離婚，教女兒跳
佛朗明哥舞蹈，如果妳還是傳統的媽媽，必看本書！

017寫給你的日記 ◎鍾文音　定價220元

真實的日記本，以寂寞爲調味；以相思爲節氣；以自語爲形式，與你終宵共舞，讀出旅者孤獨悲傷的況味。

018品味基因 ◎王俠軍　定價220元

一篇篇如詩散文，層層倒回時光隧道裡，懷舊的氣味中嗅聞著一位樂於冒險、勇於嘗試，對空間敏感的小男孩如何在生活軌跡裡，摸索著對美的形成。

019踩著夢想前進 ◎林姬瑩　定價180元

這是一本充滿勇氣與夢想的書，一個南台灣的女子實現單車環遊世界的故事，擁有小王子的純眞及牧羊少年的勇氣，騎著單車、帶著夢想到世界旅行。

020心井.新井 ◎新井一二三　定價180元

本書是新井從世界性的遊走氣魄，回歸到東京郊區的淡然，一篇篇歷經的人情故事，讀來浮沈感人，是海外浪子身心感受的眞實世界，更是你我內心的一口心井湧現。

021華滋華斯的庭園 ◎松山　猛著　邱振瑞譯　定價220元

《華滋華斯的庭園》讓你成爲生活玩家，從享樂中得到自由，如此一來，你無需做任何辯解，當你自然流露出那種氣質，你，肯定是眞正的紳士……

022華滋華斯的冒險 ◎寺崎　央著　李俊德譯　定價220元

穿什麼？吃什麼？住哪裡？興趣是什麼？旅行的去處？爲了讓您過更舒適愉快的生活，提供了16則有趣的話題供您做參考。

023有狗不流淚 ◎理察・托瑞葛羅夏著　李淑眞譯　定價120元

作者理察・托瑞葛羅夏一手絕妙的插畫功不可沒：充分捕捉到狗兒跟人類之間親暱友好的精髓，就像是一頓爲狗兒準備的美味大餐，是愛狗人士必備的一本書！

024有貓不寂寞 ◎理察・托瑞葛羅夏著　李淑眞譯　定價150元

這是一本使你永遠不會過敏的貓咪書，挑選本書就像挑選你最愛的貓咪一樣，絕對讓你會心微笑，愛不釋手！

025未來11 紅膠囊◎作品　張惠菁◎撰文　定價250元

紅膠囊創作了一系列充滿未來風格的圖像，而張惠菁則用文字架構起屬於《未來11》虛擬世界的僞知識，圖像與文字兩種創作互相指涉，開闢出豐富的概念磁場。

026樂觀者的座右銘 ◎吳淡如　定價220元

現代人不知該如何面對未來，也不懂如何讓自己活得聰明，超人氣名作家吳淡如在千禧年將公開自己的座右銘。

027可樂王AD／CD俱樂部 ◎可樂王　定價269元

屬於可樂式的口吻、可樂式的懷舊氣味，可樂式的思考邏輯，正在蔓延，《可樂王AD／CD俱樂部》偷偷開張了。

028單車飛起來 ◎林姬瑩&江秋萍　定價220元

上天總會適時地安排一些看似無法克服的障礙與困難，卻又往往在最後爲你準備一份特別的禮物，而你必須經歷過程中的掙扎與煎熬，於是當你親自打開它時，才會懂得珍惜。

029語言讓人更自信 ◎胡婉玲　定價199元

自傳、語言學習法及勵志哲學觀的混合文體，民視主播胡婉玲記錄個人成長經歷，讓你建立自我信心，學習語言。隨書附贈胡婉玲英文學習大補帖。

030快樂自己來——生活點子雜貨舖 ◎李性蓁　定價190元

後青春期美少女李性蓁的生活點子雜貨舖創意十足。

031朵朵小語　　　　　　　文◎朵朵　圖◎萬歲少女　定價200元
自由時報花編副刊最受歡迎的專欄集結成書。是心靈的維他命，生活的百憂解。甫上市即榮獲金石堂暢銷書排行榜

032夢酥酥　　　　　　　　圖文◎商少真　定價350元　超值價249元
商少真第一本有關於夢的書，華麗而豐富的圖文，絕對讓你愛不釋手，還會尖叫卡哇依！

033東京人　　　　　　　　　　　　◎新井一二三　定價200元
獨特的新井一二三，有著不同於追求世界和自我的方式，慢慢品味她的國際經驗，相對也改變我們觀看的視野。

034涼風的味道　　　　　　　　　　◎紅膠囊　定價250元
是精神的除濕機，也是心靈的洗衣機，紅膠囊以Chill out概念的圖文代表作。

035我看見聲音──王曉書聽不見的故事　　圖文◎王曉書　定價230元
一個聽障生勇敢突破障礙與不便，她讓你看見希望的聲音。王曉書第一次用文字和圖畫表達自己的內心世界，是城市中最美麗的聲音。

036朵朵小語2　　　　　　文字◎朵朵　圖畫◎萬歲少女　定價200元
生活裡難免有悲傷、憤怒、沮喪、被人誤解的時候……《朵朵小語2》可以是你生活中一把溫暖的熨斗，燙平你心底的寒冷與崎嶇。

037猛趣味　　　　　　松山　猛◎著　郭清華◎譯　定價250元
好東西一個人不獨享，日本享樂品味專家，松山　猛的《猛趣味》，告訴你享受人生寶物的最高境界！擁有品味，就從《猛趣味》開始。

038乘瘋破浪　　　　　　　　　　曾　玲◎著　定價190元
航行在藍色的大海中，傾聽海洋的聲音、感受海洋的味道，雖然是一件再浪漫不過的事，但如果你沒有曾玲刻苦、幽默，化危機為轉機的看家本領，就趕快打開這本書陪曾玲航海去！

039櫻花寓言　　　　　　　　　　新井一二三◎著　定價200元
在《櫻花寓言》新井一二三血青春歲月的滾燙心思，也寫人在他鄉的寂寞、好奇與滿足，每個人都有機會選擇自己想要的生活方式，希望這本書可以給你幾許依靠、幾許膽量。

040冰箱開門──娃娃的快樂食譜　◎娃　娃著　◎黃仁益攝影　定價250元
如何利用剩餘材料烹調出五星級料理，三分鐘上菜會是個奇蹟嗎？即使沒有烹調經驗的人，都可以按照這本快樂食譜來「辦桌」呢！

041悲傷牛弟　　　　　　　　　　◎朱亞君著　定價200元
《總裁獅子心》、《乞丐囝仔》幕後的推手──朱亞君第一本溫暖人心之作。小野、吳淡如、侯文詠、蔡康永、幾米、阿貴誠摯熱情推薦

042親愛的，我把肚子搞大了　　　　◎于美人著　定價180元
一個急切需要精子的女人，一段克服懷孕症候群初為人母的心情轉折，于美人大膽公開「做人」的酸甜苦辣！

043女主播週記　　　　　　　　　◎盧秀芳　定價180元
東森新聞主播盧秀芳，當初是「娃娃報新聞」，現在是主播台上資深媒體人，站在新聞工作第一線，越是危險的地方，越要勇敢向前；笑淚縱橫裡，我們看到專業的新聞光芒閃閃發亮。

044可愛日本人　　　　　　　　　　◎新井一二三　定價200元
新井一二三在這些可愛、可憐、可敬的日本文人裡，為我們打開一扇接近幸福的窗口。

045朵朵小語──飛翔的心靈　　文字◎朵朵　圖畫◎萬歲少女　定價200元
這次朵朵將提供你飛翔心靈的座右銘，帶你一起穿越灰色的雲層，給你力量，為你消除心情障礙，時時刻刻都可以展翅高飛，迎向陽光！

046快樂粉紅豬　　　　　　　　　　◎鍾欣凌　定價200元
流行減肥，注重外表，笑「胖」不笑娼的社會，快樂粉紅豬鍾欣凌，在胖胖的身體裡面，重新找到自我價值的力量！

047擁抱自信人生　　　　　　　　　◎吳淡如　定價200元
吳淡如將自己坦然誠實的價值觀與人生掙扎的經驗，提供給你希望的目標與立志方向。要求自我長進，別再作繭自縛，擁有自信人生，你才可以盡情享受生命！

048找到勇氣活下去　　　　　　　　◎胡曉菁　定價220元
人生曲折翻轉的挫折打擊，一次又一次面臨命運的搏鬥關卡，她活了下來……胡曉菁的解凍人生，一本光照身心靈的見證之書，幫助你找到愛的台階，一步一步站起來、往上爬！

049有時候我們相愛　　　　　　　　◎朱亞君　定價200元
難得一見擲地有聲的愛情散文，教你思索愛是怎麼一回事。朱亞君的愛情私語錄，測量你的幸福方向感，為你找到愛情純粹的力量！

050我的祕密花園　　　　　　文字◎李明純　圖◎陳潼　定價200元
自由時報家庭婦女版生活專欄《我的祕密花園》集結成書，豐富的想像力，讓我們看到一個會呼吸的家。

051有時候懶一點反而好　　　文字◎黃韻玲　圖◎黃韻真　定價180元
黃韻玲從事音樂之路以來首次發表的個人故事，出身大家庭裡的溫馨背景、童年的旺盛表演欲，加上興趣清楚、目標明確，她一心的堅持，就是有時候懶一點，但絕對忠於自己。

052小惡童日記　　　　　　　　　　◎曾玲　定價200元
如果沒有任天堂、沒有電視機、沒有網路，你的童年會在哪裡？如果只去網咖、漫畫出租店、偶像握手會，你的童年回憶會是什麼？這是一本充滿陽光讓你接近泥土、接近趣味冒險的綠色遊樂場。

053朵朵小語──輕盈的生活　　文字◎朵朵　圖畫◎萬歲少女　定價200元
人生不是短跑競賽，也不是馬拉松比賽，而是穿著適合的鞋，走自己的路！《朵朵小語──輕盈的生活》幫你找到散步人生的方法，創造每一天都是新鮮的深呼吸。

054讀日派　　　　　　　　　　　　◎新井一二三　定價200元
當濱崎步的視覺系再也無法滿足你，當日本偶像劇的幸福再也不能感動你，當各種解讀日本的文字只讓你看過就算了，你一定只想要這一本。

055 為自己的幸福而活　　　　　　　◎褚士瑩　定價200元
本書描繪了在短短十天的航程中，所帶來人生轉變的震撼，其實每個人最重要的，並不是找回過去的自己，而是在人生的段落歸零時，看似絕望的結果中，找到重新開始的契機。

056華西街的一蕊花　　　　　　　　◎李明依　定價220元
李明依勇敢說出受虐的童年、叛逆的青春、婚姻的問題……這不是百集收視率長紅的八點檔，是她最真實的人生！

057學校好好玩──粉紅豬的快樂學園　　　　◎鍾欣凌　定價200元
粉紅豬一舉站上搞怪大本營，每一天都元氣滿滿，找到自信快樂表演……全書讓你大笑，喊讚啦！

058從此我們失去聯絡　　　　　　　　　◎林明謙　定價200元
如果有一天你和戀人從此失去聯絡，也不要覺得傷痕累累，因為一定有另一個人保持著愛的能量，等你一起認真相愛！

059東京的女兒　　　　　　　　　　　　◎新井一二三　定價200元
為愛付出幸福的思考，摸索著生活的酸甜滋味，努力活出屬於自己的可貴人生。

060童年往事　　　　　　　　　　　　　◎李昌民　定價200元
躲了日本軍閥、經歷八年抗戰、活過半世紀，退役上校老兵精神不死，絲絲入扣描寫蘇北老家，沒有悲情鄉愁，只有舊世代的純樸之美，一本讓你讀來窩心，回味無窮的散文小品。

061下一分鐘會更好　　　　　　　　　　◎聶　雲　定價200元
菁英世代最Young的年輕主持人聶雲經典42招樂透人生座右銘，招招給你最實用的激勵，從生活到學業，從工作到家庭，原來人生的頭彩不在於你擁有什麼，是你相信下一分鐘永遠會更好！

062戀的芬多精　　　　　　文字◎劉中薇　　圖畫◎許書寧　定價200元
自由時報花編副刊繼《朵朵小語》之後超人氣專欄集結成書，愛情之中永遠不曾忘記的竊竊私語，以淚水、純真，淬煉出一座你我內心專屬的芬芳之園，拿起《戀的芬多精》深呼吸，你會看到永恆的幸福有多深！相愛的夢有多甜！

063朵朵小語——優美的眷戀　　　文字◎朵朵　　圖畫◎萬歲少女　定價200元
自由時報花編副刊擁有最多讀者的專欄集結成書，在蔚藍的青春天空下，在陰暗的人生暴風雨中，在星星滿天的流淚夜晚，陪著你一起實現自我！

064123成人式　　　　　　　　　　　　◎新井一二三　定價200元
《123成人式》走得強烈而傷痕累累，卻都是青春的眼淚和摸索，新井一二三寫給自己，也寫給你的成長散文，如果你有遠景和目標，那麼未來絕對是可以自己塑造的。

065夢想變成真——舞動奇蹟　　　　　　◎劉中薇　定價180元
每個人都會有夢想，一齣戲完成了許多人的夢想，洪嘉鈴、張大鏞、方子萱、陳宇凡等人最真的夢想告白，獻給曾經為夢想努力過的人，獻給正在夢想路上勇往直前的人，獻給尋找夢想的人，獻給已經完成夢想的人……

066醒來後的淚光——李克翰、曹燕婷的反方向人生 ◎李克翰、曹燕婷　定價220元
李克翰，一場車禍，人生完全逆轉；曹燕婷，從八樓摔下，人生完全逆轉，從什麼都有到失去一切，從健康之軀到接受殘缺的事實，就算從負分開始起跑，他們仍要活出獨一無二的生命滋味。

067我看見抵擋命運的力量　　　　　　　◎圖文　余其叡　定價200元
十歲的孩子可以擁有最天真的童年和笑容，但他卻必須面對生病的折磨，他把煎熬化成敏感而細膩的想像，創作一首首感動的小詩，小小的他讓我們看見抵擋命運的力量。 馬英九、李明依、朵朵、王曉書、南方朔等人落淚推薦

068東京時刻八點四十五分　　　　　　　◎新井一二三　定價200元
透過新井一二三零時差的文字傳輸，女性療傷的題材，出版流行文化，新鮮獵奇小說的引薦……讓我們讀著與台灣時差一個小時的日本種種，千奇百態的人生故事穿越時空，一篇篇文章咀嚼起來，酸甜苦辣愈來愈有味道。

069在浪漫的時光中　　　　　　　　　　◎吳淡如　定價220元
豐富的世界在轉動，吳淡如用心靈去看去感受去經歷，但是不論走到天涯海角，自在的輕旅行從來沒有改變過。有一天回想起來，才發現每一個走過的地方，都藏著人生階段中不可思議的進步動力！

國家圖書館出版品預行編目資料

戀香／劉瑋慈◎原著劇本／小楚◎小說改編 ．
－－初版.－－臺北市：大田出版；臺北市：
知己總經銷，民92
面； 公分.－－ (SNG；004)

ISBN 957-455-547-X(平裝)

857.7   92017652

SNG 004
....

戀香

劉瑋慈◎原著劇本
小楚◎小說改編
發行人：吳怡芬
出版者：大田出版有限公司
台北市106羅斯福路二段79號4樓之9
E-mail:titan3@ms22.hinet.net
http://www.titan3.com.tw
編輯部專線（02）23696315
傳真（02）23691275
【如果您對本書或本出版公司有任何意見，歡迎來電】
行政院新聞局版台業字第397號
法律顧問：甘龍強律師

總編輯：莊培園
執行主編：林淑卿
企劃統籌：胡弘一
美術設計：Leo design
校對：陳佩伶／余素維／林淑卿
製作印刷：知文企業（股）公司·(04)23595819-120
初版：2003年（民92）十一月三十日
定價：新台幣 220 元

總經銷：知己實業股份有限公司
（台北公司）台北市106羅斯福路二段79號4樓之9
電話：(02)23672044·23672047·傳真：(02)23635741
郵政劃撥：15060393
（台中公司）台中市407工業30路1號
電話：(04)23595819·傳真：(04)23595493

國際書碼：ISBN 957-455-547-X /CIP: 857.7/92017652
Printed in Taiwan